ein Ullstein Buch

W0250547

ÜBER DAS BUCH:

In den Jahren 1966 bis 1971 hat Thomas Valentin in Sizilien gelebt, fast fünf Jahre unter Sizilianern verbracht. Er erfuhr das Innere dieser hintergründigen Insel, das dichte Nebeneinander von Schönheit, Grausamkeit, Liebe, Mord, Sinnlichkeit, Armut, Ungerechtigkeit. Das literarische Ergebnis sind diese dreiunddreißig Geschichten: Von Mariuccia und ihrer gefangenen Stimme erzählt Thomas Valentin; von der blutigen Wiederherstellung der Ehre des alten Vincenzo und der einsamen Leidenschaft des Signor Ravanello; von den in Felsen gehauenen Gedichten des Schafhirten Giuseppe, vom Besuch der Mafia im Garten und von dem Karussell, das scheinbar vom Himmel fiel; vom Löwenherz der sizilianischen Ameisen und von der schlaffördernden Schildkröte Turiddu; von der Nacht, in der zwei Liebende Goethe auf dem Tyrrhenischen Meer entgegenrudern – und von vielen anderen schönen, traurigen, grotesken Begebenheiten auf der Insel Pirandellos, deren Eigenart der Autor so gut begriff wie kaum ein anderer.
Eine sizilianische Zeitung schrieb über Valentin: »Er kennt Sizilien, nicht das Sizilien der Touristen, nein, das authentische Sizilien, seine Tragik, seine Schönheit, wie einer der Unsren.«

DER AUTOR:

Thomas Valentin, 1922 in Weilburg an der Lahn geboren, studierte Literaturwissenschaft, Geschichte und Psychologie in Gießen und München. Er war fünfzehn Jahre lang Lehrer, ehe er nach dem Erfolg seines ersten Romans, *Hölle für Kinder* (1961), freier Schriftsteller wurde. Valentins Lebensstationen: Piemont, Sizilien, Paris, Berlin und Bremen, an dessen Theater er Chefdramaturg wurde. Thomas Valentin starb im Dezember 1980 in Lippstadt/Westfalen.

Thomas Valentin

Schnee vom Ätna

Sizilianische Geschichten

ein Ullstein Buch

ein Ullstein Buch
Nr. 20663
im Verlag Ullstein GmbH,
Frankfurt/M – Berlin

Ungekürzte Ausgabe

Umschlagentwurf:
Bine Cordes

Printed in Germany 1986
Druck und Verarbeitung:
Ebner Ulm
ISBN 3 548 20663 8

September 1986

Vom selben Autor
in der Reihe der
Ullstein Bücher:

Grabbes letzter Sommer (26063)
Liebes-Geschichte (26074)

CIP-Kurztitelaufnahme
der Deutschen Bibliothek

Valentin, Thomas:
Schnee vom Ätna: sizilian. Geschichten /
Thomas Valentin. – Ungekürzte Ausg. –
Frankfurt/M; Berlin: Ullstein, 1986.
(Ullstein-Buch; Nr. 20663)
ISBN 3-548-20663-8
NE: GT

Für Giuditta

Ride la gazza, nera sugli aranci –
Es lacht die Elster, schwarz auf den Orangen.
SALVATORE QUASIMODO

Eine Mauer

Der Taxifahrer in Mailand, ein akkurater Mann um die Fünfzig, der einen zu sanften Jesus auf sein Armaturenbrett geklebt hatte, fragte mich auf dem Weg vom Hotel zum Hauptbahnhof, und er fragte wohlwollend:

- Wohin, verzeihen Sie, in diesem schönen Juni, signore? Ans Meer? In die Valle d'Aosta?

- Nach Sizilien.

Schweigen. Wortloser Groll, der rasch anwuchs; dunkel, schwül, stechend wurde. Sich schließlich entlud:

- Signore, scusi, aber dahin fährt man nicht.

- Warum nicht?

Der Taxifahrer wartete mit seiner Antwort, bis wir auf der via Gran Sasso waren. Er wählte seine Worte, seine Argumente nicht schnellfertig, er wählte sie nach sorgfältiger Überlegung.

- Sie werden da unten betrogen und belogen, signore.

Ich wollte ihm erwidern, daß ich »da unten« noch nie betrogen worden war, wohl aber, je einmal, als zu leichtgläubig, in Venedig und in Mailand; doch er ließ mich nicht ausreden.

- Sie werden zwischen Tagedieben, Dreckfinken, Banditen, ja Mördern leben! Ich sage nur ein Wort, signore: Mafia.
- Ich habe Freunde da unten.

Der Taxifahrer sah mich einen Moment mit jähem Argwohn und einem Schuß Furcht an, bis er wieder seinen Augen traute.

Er schwieg, steckte sich eine Zigarette an und sagte knapp und bitter:
- Dann haben Sie die falschen Freunde – per carità.

Vor dem Hauptbahnhof hatte er kein Wechselgeld, und ich war nicht in der Laune, den Fahrpreis erheblich aufzurunden. Er gab mir statt siebenhundert Lire Briefmarken und Rasierklingen heraus.
- Bitte, verstehen Sie uns doch! sagte er, bevor ich ausstieg, und sah mich nachdrücklich an. Wir hier oben im Norden, wir könnten längst genauso wohlhabend, so gut versorgt sein wie ihr Deutschen. Auch wir hatten unser miracolo economico, unser Wirtschaftswunder, hier in Oberitalien. Unsere Fabriken in Mailand, in Turin, in Bologna produzieren genauso gute Waren wie eure Fabriken an der Ruhr oder in Wolfsburg, in Stuttgart – und manches, was wir machen, scusi, ist schöner.

Er bot mir eine Zigarette an, obwohl in seinem Taxi, einem Fiat 1500, ein Schild hing: PREGASI DI NON FUMARE!
- Wir könnten leben wie ihr in Deutschland: in modernen, sauberen Wohnungen. In jeder ein Bad, eine Toilette. Auch wir könnten unsere Wagen alle

drei Jahre wechseln. Wir könnten mehr Schulen für unsere Kinder bauen. Mehr Krankenhäuser. Ja, wir könnten jedes Jahr nach Abano Terme oder nach Montecatini fahren, um unsere krumme Wirbelsäule – von Arbeit krumm, signore! – zu reparieren. Wir könnten für unser Alter sorgen, ohne befürchten zu müssen, daß es dann nur zweihundertachtzig Mark werden – nach vierzig Jahren Plackerei. Wir könnten, wir könnten es wirklich, signore. Aber da ist dieser mezzogiorno, der Süden. Da sind diese terroni, diese Eckensteher, diese Zuhälter, Hurenböcke, diese Analphabeten. Da ist dieser faule Don Nichtsnutz und frißt uns seit Olims Zeiten, seit Italien existiert, Milliarden weg. Milliarden, signore! Das mit diesen Händen sauer verdiente Geld des Nordens – einfach weg, ohne daß da unten auch nur einer die Finger krumm macht, außer zum Betrügen und Stehlen. Jahr für Jahr verschwinden unsere Steuern in diesem stinkenden Faß, einem Faß ohne Boden – denn aus denen werden niemals arbeitswillige, zivilisierte Menschen, signore. Aus denen da unten nie im Leben, in tausend Leben nicht.

Der Taxifahrer rauchte trotz seines strikten Verbotsschilds die nächste Zigarette. Mit dem Furor des Gerechten, nahm ich an.

Ich sah auf die Bahnhofsuhr und sagte ihm, daß ich seine saubere Wut sogar ein wenig verstünde, daß aber Wut die Not des mezzogiorno – und es sei das Elend des Südens das Problem, nicht der Überfluß des Nordens –, daß Ingrimm und Verachtung, und seien sie noch so verständlich, dieses Elend ganz bestimmt nicht ändern, nicht überwinden könnten. Und ich sagte ihm, daß ich jetzt schleunig in meinen Zug nach Sizilien steigen müsse, in die »Freccia del Sud«; denn die Züge in den Süden seien, wie er wisse, immer voll bis in die Gepäcknetze mit Menschen, die diese lange, erschöpfende Reise, zwanzig Stunden hin, zwanzig Stunden her, nur machten, oft lediglich für drei Feiertage oder über das Wochenende, um ihre Erde wiederzusehen, die einmal reich gewesen war und die Schatzkammer Italiens, bevor sie in dreitausend Jahren voller Invasionen – Karthager, Griechen, Römer, Vandalen, Goten, Sarazenen, Normannen, Staufer, Franzosen, Spanier und weiß Gott, wer noch – ausgebeutet und geschändet worden war.

Der Fahrer hatte den Taxameter längst abgestellt und hielt noch immer am Ende der via A. Doria neben dem Hauptbahnhof. Ich stieg aus. Er kurbelte das Fenster hinunter, beugte sich zu mir heraus und sagte erbittert:

- Signore, tempi passati, das ist Vergangenheit. Aber heute, in unserem Leben, dem einzigen Leben, das wir haben, wissen Sie, wie das Problem zu lösen wäre, jetzt, mit einem Schlag?

- Nein, das weiß ich leider nicht.

Er lachte vertraulich und sagte:

- Sie müßten es eigentlich wissen. Ihr habt es uns doch gezeigt, wie man so etwas macht. Ihr und dann die Amerikaner in Vietnam, nur daß die es nicht so gut konnten wie ihr perfekten Deutschen:

eine Mauer, eine einfache, hohe Mauer ohne Tür und Tor quer durch Italien! Nördlich von Neapel. Vom Tyrrhenischen zum Adriatischen Meer. Sagen wir, von Pozzuoli bis Manfredonia. Eine Mauer, wie ihr sie in Deutschland ja habt. Man müßte natürlich genau kalkulieren, am besten mit Hilfe deutscher Ingenieure, Organisatoren und Generäle; und dann, alles südlich der Mauer...

Er sah zum wolkenlosen Himmel, legte die Fingerspitzen zusammen und drehte sie zur Erde. Er ahmte die Detonationen eines Bombenteppichs entsetzlich genau nach.

- Entschuldigen Sie, sagte er lächelnd, ich weiß, es ist brutto und nicht besonders christlich, aber ihr Deutschen wißt doch, wie man so schwierige Probleme löst, die niemals dadurch zu lösen sind, daß sich jemand auf einen Berg stellt und schöne Worte macht. Ihr Deutschen und die Amerikaner und die Russen...

- Hören Sie auf, sagte ich, hören Sie endlich auf!

- Aber so wäre unser Problem Numero eins gelöst, signore! Wir hier oben könnten in Wohlstand und Ordnung leben – die wir uns erarbeitet haben, die uns niemand geschenkt hat! Und ihr, ganz Europa, ja auch Amerika, ihr hättet endlich die lästigen, faulen, armen »Italiener« vom Hals, die ihr aushalten müßt. Es gäbe sie nicht mehr, glauben Sie mir: Es gäbe sie nicht mehr, signore.

Ich nahm meine Koffer und ging. Doch nach ein paar Schritten kehrte ich noch einmal um, während er sein Taxi wendete, und fragte:

- Woher stammen Sie?

Er nahm einen hastigen Zug aus seiner Zigarette, schnippte sie auf die Straße und sagte:

- Aus einem Dorf bei Pozzuoli. Aber zum Teufel: Hören Sie mir noch den Dialekt der Campania an?

- Nein; aber ich habe mir so etwas gedacht.

- Kaputt, sagte er böse und anzüglich lächelnd und fuhr langsam neben mir her. Kaputt.

Der Augenzeuge

Palermo. Dahin kam ich neunzehnhundertsechsundsechzig, in meinem ersten Jahr auf Sizilien, im August. Ich wußte wenig von dieser irrlichternden Stadt und ihrer Sprache, ihrer Musik. Ich wußte zu wenig von ihren Menschen; und die deutsche Freundin, die mich im Auto nach Palermo fuhr, kannte sich hier noch weniger aus.

Es war ein heißer Tag, vierzig, zweiundvierzig Grad. Im Schatten. In der Sonne, die, ein glühender Moloch, über der Conca d'Oro hockte, war es still in dieser Stunde nach Mittag; still in den Straßen, auf den Plätzen, in den vicoli, den wirr verknoteten Gassen um die Cala; war es fast totenstill in dieser sonst fiebrigen, vor Leben schwirrenden, Ohren und Augen betäubenden Stadt. Wir hörten die Singvögel in ihren winzigen Käfigen, die an den Fenstern zwischen ermüdeten Blumen und schlaffen Bettlaken hingen. Für diese eine Stunde konnten die kleinen Vögel, die Zeisige, Rotkehlchen, die Distelfinke, sich Gehör verschaffen gegen die Radios, die Melonenverkäufer, die Fischhändler und gegen die fauchenden, grollenden, röhrenden Rudel der Autos und Motorroller, die Jagdschreie der spielenden Kinder, die schrillen Heimrufe der Mütter.

Doch hinter den Mauern der lautlos zerbröckelnden Häuser, hinter den geschlossenen Fensterläden brodelte es in der panischen Stille. Daher flogen Atemzüge, kurze, heiße Atemzüge auf den schmalen Schatten der schiefen Bürgersteige, flatterten Seufzer. Da kochte, knurrte es, rang nach Luft, lachte gellend, fluchte und holte wieder Atem. Und immer war ein schnelles Flüstern um die beiden Fremden, die nordischen Festländer, die sich erschöpft und lächerlich durch die Siesta schleppten, traf sie ein lauerndes Nachsehen, ein rundes, dunkles Auge ohne Lidschlag, der böse Blick; war da ein blitzendes Handgelenk, ein Gurren und Glucksen und Keuchen: Die träge Hitze um uns, die der Moloch des August ausdünstete, war heimlich voll geiler Musik, blutdürstiger Musik. Musik der Tragödien, die vor dem Satyrspiel kamen – einst hier in Sizilien, vor zweitausendfünfhundert Jahren; und heute.

Wir flüchteten in unseren Wagen und fuhren ans Meer, um dem Brutkasten des Wagens wieder zu entkommen. Doch das Meer war weiß und spiegelglatt, ohne jede Erfrischung. Wir ließen den Wagen stehen, neben der Cala, dem antiken Rundhafen, auf der piazza Santo Spirito; flohen wieder hinaus in die wabernde Hitze; und ihr, die uns auf Schritt und Tritt bedrohte und ängstigte und ausbrannte, entrannen wir erst in einer Kirche, einer der kühlen Kirchen, in denen nur die Ewige Lampe brannte, wo schwarzgekleidete alte Frauen knieten und tatsächlich fast totenstill waren, nur wispernd ihren Rosenkranz durch die Finger gleiten ließen.

Nicht zur Kathedrale drangen wir vor an diesem Mittag und an den Porphyrsarkophag Kaiser Friedrichs II. von Hohenstaufen, für den die Straßensänger noch immer Andacht und Entzücken entfalten, als sei er wirklich Siziliens größter Sohn, sein Wohltäter, Held und Opfer. Nicht zu den Glasmosaiken auf dem Goldgrund der Cappella Palatina; nicht zu den achttausend Menschenskeletten, die mit ihren Festkleidern und Kutten in den Katakomben stehen oder hängen, in ihren offenen Särgen liegen; nicht zu den fünf roten Kuppeln der Kirche S. Giovanni degli Eremiti gelangten wir – sie standen nur in dem Reiseführer, den wir mitschleppten, waren viel zu weit weg, zu fern in Pans Stunde, hinter der doch die Dämonen der Stadt auf dem Sprung waren. Nein, wir flüchteten uns nur, ein paar hundert Herzschläge weit, zu San Francesco d'Assisi und durch die schöne Vorhalle in die Kirche Santa Maria della Catena, der Heiligen Maria der Kette. Hier ruhten wir aus, legten uns die Arme um die Schultern; und nahmen sie wieder herab, weil es zu heiß war, selbst für Zärtlichkeit zu heiß. Uns, den Fremden, den Verirrten in den Tropen Palermos.

Es fiel immer noch Feuer durch die Luft, als wir wieder auf die piazza Santo Spirito kamen, und das Meer lag jetzt starr hinter der Porta Felice wie eine stumpf blinkende Bleiplatte. Aber Menschen waren auf dem flirrenden Platz, Männer und Kinder, viele Kinder, nur wenige Frauen mit schwarzen, gehäkelten Tüchern. Menschen, die wegstoben; die wir eben noch in den bräunlichen Gassen verschwinden sahen, rasch und lautlos, ohne den Blick zu wenden. Die piazza Santo Spirito war plötzlich wieder leer und gleißend hell.

Wir gingen zu unserem Wagen. Er war verschlossen, und erst als wir ihn öffneten, erkannten wir die Plünderung. Sie hatten den Renault ausgeraubt, hatten alles mitgenommen: den Filmapparat, die Schecks aus dem Handschuhfach, die Schultertasche meiner Freundin, ihre Abendschuhe, den Arzneibeutel, die Strohhüte. Nur die Bücher, Tomasi di Lampedusa und Vitaliano Brancati, Salvatore Quasimodo, Pirandello, und das Badezeug hatten sie uns gelassen; die Bücher, das Badezeug und die Zigaretten.

Wir waren zu erschöpft, zu entsetzt und verstört, um zu fluchen, uns allzu naheliegende Vorwürfe zu machen, zu lachen oder gar zu weinen. Wir starrten das ausgeraubte Auto an und blickten aneinander vorbei, fassungslos, und sahen auf den leeren, vollkommen leeren Platz. Wie vom Boden verschluckt die Menschen, die Fledderer, und alles ganz still. Nur die kahlgefegte piazza Santo Spirito und darauf der geplünderte Renault, aus dem Benzin tropfte. Auch das hatten sie abgezapft.

Und dann sahen wir den Mann. Einen alten, nicht sehr alten Mann, der seinen Hut in die Stirn gezogen hatte und im dichten, fußbreiten Schatten an der Mauer der Porta Felice lehnte. Er hatte einen schwarzen Rock an und trug einen grünen Schal um den Hals, trotz der feuchten, stinkenden Hitze. Das nahmen wir wahr, nur das, und rannten auf den Mann zu, der unbeweglich an der Mauer stand, sich kaum von ihr abhob und alles mitangesehen haben mußte; hetzten hinüber und warfen ihm auf dem kurzen Weg schon Fragen zu, stammelten eine wirre, zornige, hilfsbedürftige Fremdsprache – gestikulierten, beschworen ihn, drohten und flehten.

Der Mann mit dem grünen Schal sah uns ruhig an, betrachtete uns gleichgültig, als wir auf ihn zuliefen, ohne daß er sich rührte oder uns entgegenkam. Er blieb stumm in der Schattennische seiner Mauer.

Erst als wir vor ihm standen, aufgebracht, erregt, und die grauschwarzen Bartstoppeln sehen konnten, die scharfen Hautfalten seines abgenutzten Gesichts, in denen dünner Schweiß glitzerte, und die vor Dunkelheit ausdruckslosen oder nur für uns undurchdringlichen Augen, sagte er, noch immer ohne sich von seiner Mauer zu lösen, und er sagte es auf deutsch, in einem überlebten Deutsch, das seltsam ehrwürdig und gewissenhaft, wie aus einer alten Übersetzung klang, sagte es höflich:
- Darf ich mir erlauben, Ihnen einen Rat zu geben, meine Herrschaften? Fahren Sie nach Hause. Das war unser Sozialismus – wir haben keinen anderen! Fahren Sie wieder nach Deutschland. Ich hoffe, Sie

haben dort mehr Gerechtigkeit, in Deutschland. Im übrigen: Ich bin blind, sozusagen perfekt blind. Perfettamentecieco, signori. Gute Reise!

Er ließ uns stehen und humpelte über die piazza Santo Spirito in eine der verwinkelten, brütenden Gassen. Seltsam gelenkig humpelte er und ohne einen weißen Stock.

Als ich ihm nachrannte, nach kurzer, lähmender Sprachlosigkeit, da war auch er wie vom Erdboden verschluckt.

Schnee vom Ätna

Nino. Compare Nino, ein Handlanger, ein Tagelöhner. Er saß auf der Mauer am Eingang der Küstenstadt, zwischen anderen Tagelöhnern, jungen, alten. Er rauchte, sah auf die Straße, sah hinunter aufs Meer und wartete. Wer ihn brauchte, konnte ihn in Dienst nehmen, ihn dingen. Für einen Tag, drei Wochen, den Sommer über; nicht häufig war's für länger. Er pflückte Tomaten und agrumi, Orangen und Zitronen. Er baute Hühnerställe und Garagen. Er las Oliven und wässerte die Weinfelder. Manche nannten ihn Nino, il sempliciotto – Nino, den Einfältigen.

Abends schlenderte er durch den Ort, bis weit in die Nacht hinein, sah in die Osterien, trank ein Glas Wein; saß auf der Balustrade am Meer, sah den Liebespaaren zu und rauchte. Er war Junggeselle unter den vielen Junggesellen Siziliens.

Fast immer lächelte er. Er hatte reichlich silberne Zähne, dazwischen Lücken, und er war vierzig, vielleicht auch fünfzig. Manchmal holten sie ihn zum Damespiel, und er gewann; er gewann fast immer. Er hob sein leeres Glas in die Höhe, betrachtete den Boden und sagte:

- Sbucato, herausgelockt! Ich habe den Wein herausgelockt.

Er sah um sich und lächelte.

Sonntags kam Nino zu mir in die Plantage, vor mein Zimmer, wenn ich fertig war mit der Arbeit, auf der Treppe saß neben einem Mimosenbaum und auf das Meer sah, ein Stückchen Meer nur, das zwischen den Bäumen seinen Gischt aufwarf und wieder einatmete. Er brachte eine Rocktasche voll Mandeln mit und schlug sie mit einem Stein auf. Er bot sie mir an und rauchte. Sein Hemd war frisch und weiß. An diesem Tag arbeitete er nicht.

Nino fragte. Er fragte nach Deutschland, den großen Städten, den Strömen, der Mauer quer durch Berlin, nach den Fabriken an der Ruhr, am Neckar. Er fragte auch nach Frankreich, nach Paris, nach der Metro, den weitläufigen Boulevards, nach dem Eiffelturm. Er fragte nach den Kohlengruben in Belgien. Nach den Frauen fragte er nie.

- Nino, sagte ich einmal, bevor ich wieder heimfuhr nach Deutschland, es sind so viele aus Sizilien weggegangen, fast die Hälfte aller Sizilianer lebt Jahre, manche ihr Leben lang, in Mailand, in Amerika, in Frankreich, Belgien, in Deutschland – soll ich mich umhören? Du fändest Arbeit, geregelte Arbeit. Du verdientest Geld, treues Geld.

Er saß auf den Fersen vor mir, rauchte seine Alfa und sah zu, wie ich Mandeln aß und mit den leeren Schalen nach den Zikaden warf, die in der Hitze auf dem Ölbaum schrillten. Ich traf sie nie.

Nino überlegte lange, wortlos, dann fragte er mich:
- Was hast du in Deutschland gesehen, was in Frankreich, in den anderen Ländern, in denen du warst, was Sizilien nicht hat?
- Schnee, sagte ich und lachte. Schnee im Mai.

Ich fragte Nino, ob er einen Espresso mit mir trinken wolle, einen kalten Espresso, holte ihn aus dem Keller, und als wir den bitteren, erfrischenden Kaffee getrunken hatten, ging Nino hinunter in die Stadt, nach Cefalù. Er wollte noch einen Freund treffen und mit ihm in die campagna hinter Gratteri auf Hasenjagd fahren.

Er kam gegen Abend wieder, als es schon dämmerte zwischen den Bäumen der Plantage und die ersten Fledermäuse ihre Jagd aufnahmen.

Ich hatte einen Wagen gehört, der bis zur schrundigen Kehre hinter dem Wasserspeicher gefahren war und nun dort hielt. Aus diesem klapprigen Wagen, einem alten Fiat 500, kam Nino langsam auf mich zu. Ich saß unter dem Mimosenbaum, diesmal mit einem Buch, Seumes »Spaziergang nach Syrakus im Jahre 1802«.

Ninos Hemd war nicht mehr weiß, nicht mehr frisch, es war verschwitzt und auch schmutzig; vielleicht ging er so langsam, schleppend, die Hände auf dem Rücken, weil er müde war.

Er blieb vor mir stehen, lächelte, und dann öffnete er, ohne ein Wort zu sagen, eine Faust; in ihr war Schnee, ein grauer Schneeball. Nino war mit seinem Freund über Enna vier Stunden zum Ätna gefahren, vier Stunden hin, vier Stunden zurück, durch das ausgebrannte Innere Siziliens, die zona morta, und hatte mir diesen Schneeball, der jetzt nur noch so groß war wie eine junge Zitrone, geholt.

Nun stand er da vor mir, Nino, lehnte an der weißgekalkten, noch sonnenwarmen Hausmauer, rauchte und lächelte wortlos.

Ein Dichter

Einmal, im Innern Siziliens, hinter Gibilmanna und vor Isnello, saß ich im Schatten eines Maulbeerbaums, sah hinunter aufs Meer, das hinter dem leuchtenden Vorhang der Nachmittagshitze sich ausbreitete, weit entfernt heute, legte die Fäuste wie ein Fernrohr vor die Augen, sah hindurch und suchte die nächsten Inseln: Alicudi, Filicudi und Vulcano; aber sie waren nicht zu sehen, lagen hinter dem flimmernden Dunst, den die Sonne heller, aber nicht durchsichtig machte.

Ich schob die Mütze ins Gesicht, holte meinen Notizblock aus der Tasche und schrieb ein paar Worte, eine halbe Seite: einen kurzen Dialog für ein Theaterstück, das in einem westfälischen Sanatorium spielte. Es ging um Angst und Gier, Scham, einen Mord; und um Masken vor harmlosen Gesichtern, Charaktermasken, hinter denen Angst, Schuld und Gier ihr minierendes Werk trieben. Ich kam nicht voran mit diesem Theaterstück und gab es auch jetzt bald wieder auf, schlang die Arme um die Knie und sah über die Kakteen und den Ginster und die Feigenbäume hinunter aufs Meer; und sah nicht mehr ein, warum ich überhaupt noch mit diesem deutschen Stück fertig werden sollte.

Die Geräusche in der Bergluft kamen hell und scharf: das Feilen der Zikaden, ein Habichtschrei, das Belfern streunender Hunde, die plötzlich rasend anschlugen und andere Hunde, schlafende Hunde an ihren Ketten, weckten; erst einen, dann drei, fünf, schließlich alle Hunde auf dem Berghang über mir, in den weit voneinander abgelegenen Gehöften, die zwischen Ölbäumen und der Macchia hingen. Die alte Musik des Inselnachmittags hob an und fiel wieder zusammen wie die Schaumwellen des Meers in der fernen Tiefe. Die Zikaden, hundert und aberhundert, hörten jäh, mit einem Streich auf, ohne daß ich sehen, begreifen konnte, warum gerade jetzt, in diesem Augenblick, und warum alle? Auch die Hunde hörten auf zu bellen, einer nach dem andern – und tobten eine Viertelstunde danach wieder wild los. Der Habicht rüttelte still und todbringend über einem Berghof.

Nur ein Klang blieb die ganzen Stunden über, die ich hier saß in der glühenden Einöde, im Schatten des Maulbeerbaums, eintönig und präzise: ein Schall, der Schritt eines Esels auf einem harten Pfad, der vom Nordhang des kahlgebrannten Pizzo Dipilo sich herunterschlängelte. Der klare, gleichmäßige Klang blieb und kam näher, langsam, sehr langsam; und dann rollten ein paar kleine Steine an mir vorbei und später ausgedörrte Erdbrocken. Ich drehte mich um und sah nun den Esel auf halber Höhe und den Mann, der auf ihm saß und schlief, ein Mann in dickem schwarzem Tuchrock, die Schirmmütze tief ins Gesicht gezogen. Seine Beine baumelten neben einem Reisigbündel auf der einen Seite und zwei toten Hasen auf der anderen herab und streiften fast den Pfad. Eine doppelläufige Flinte stand über seinem gekrümmten Rücken. Erst später sah ich auch den Hund, einen kleinen, bräunlichen Köter, der im Schatten des Esels blieb und mich längst ausgemacht hatte und plötzlich trocken und böse Laut gab.

Der Mann auf dem Esel fuhr zusammen. Dann richtete er sich auf, knurrte dem Hund ein Kommando zu, zog die Zügel an und blieb über mir stehen. So musterte er mich, dreißig, vierzig Schritte entfernt, schweigend, regungslos, Sekunde um Sekunde. Ich lächelte ihm zu, aber der Mann erwiderte mein Lächeln nicht und beobachtete mich weiter, mißtrauisch und still. Der Hund sträubte die Nackenhaare und grollte. Erst als ich einen guten Abend wünschte, mit meinem fremden Akzent, trat der Mann seinem Esel in die Flanke, warf dem Hund einen neuen Befehl zu und ritt weiter. Er hielt erst an, als er neben mir stand.

Ich blieb auf dem versengten Gras sitzen und bot ihm eine Zigarette an. Er beugte sich herunter und nahm sie, hakte eine Wasserflasche ab, die zwischen den Hasen am Zaumzeug hing, und reichte sie mir. Ich trank lange und bedankte mich; erst dann ließ sich der Mann von seinem müden Tier gleiten und setzte sich neben mich in den Schatten.

Wir rauchten ruhig, und ich zeigte hinunter, wo hinter der Küstenstraße 113 nichts als das Tyrrhenische Meer war und in seinem Dunst die Inseln, und sagte, das sei schön. Der Mann antwortete nichts darauf, lächelte aber kurz und fragte mich:

- Americano?

- Nein, kein Amerikaner. Deutscher.

Der Mann sah mich von der Seite an und lächelte wieder.

- Rommel! sagte er.

Ich schüttelte den Kopf, und er versicherte mir, daß Rommel in Afrika ein großer Soldat gewesen sei, ein Held – wie alle Deutschen.

- Ich nicht, antwortete ich ihm.

Er lachte und sagte:

- Ich auch nicht. Der Tod dauert zu lange.

Er bot mir noch einmal Wasser an.

Ein paar Minuten schwiegen wir. Der Hund legte sich neben seinen Herrn und ließ die Zunge heraushängen, hechelte. Der Mann schüttete Wasser aus der Fellflasche in seinen Handteller, und der Hund leckte es auf. Der Mann fragte mich nach meinem Beruf. Ich antwortete:

- Scrittore, Schriftsteller.

- Was ist das?

- Ich schreibe Bücher.

Er dachte nach und fragte:

- Poeta?

- Vielleicht auch.

- Doch: poeta.

Ich bot ihm noch eine Zigarette an, aber er winkte ab, und ich fragte:
- Woher kommen Sie?

Er machte eine kurze Handbewegung gegen den Berg.
- Poeta, sagte er. Mein Vater auch! Auch mein Vater war ein Dichter.

Ich sah ihn an, war überrascht. Er schwieg, stand auf, band den Esel an den Maulbeerbaum und sah nach dem Stand der Sonne.
- Kommen Sie, sagte er.
- Wohin?
- Kommen Sie. Es ist nicht sehr weit, ein paar Minuten. Ich zeige Ihnen die Gedichte, die mein Vater, er ist tot, geschrieben hat. Vor vierzig Jahren, siebzig Jahren.

Der Mann ging voran, kletterte den kahlen Berg in einer Schräge hoch. Der Hund und ich folgten ihm.

Wir kamen an ein geducktes, verlassenes Haus, in dem es keine Fensterscheiben mehr gab. Auf der geborstenen Holztreppe, die außen an der Hofwand hing, lag in der Sonne eine schwarze, geringelte Schlange. Der Mann tötete sie mit einem Tritt seiner am Knöchel gebundenen Schuhe. Der Hund jaulte auf, stemmte die Vorderpfoten vor der toten Schlange gegen die Treppe und trottete dann wieder neben uns her.

Hinter einem langen, schiefen Geröllfeld, das wir hinaufstiegen, standen zwei Korkeichen; und dann senkte sich unerwartet eine Mulde in den

Berg, mit einem modrigen Geruch nach Feuchtigkeit und Lattich. Darüber stieg der Berg wieder steiler an. Auf diesem zerklüfteten Hang mit struppigem Gras lagen verstreut mächtige Steine. Zu denen kletterten wir, klommen wir hinauf. Es waren schwärzliche, nackte Felsbrocken, manche lang wie ein Bett, andere hoch wie Pferde, die größten im Geviert wie Hütten. Der Hund trabte weiter und legte sich in den Schatten eines dieser Felsen. Der Mann blieb neben mir stehen und machte eine kurze Handbewegung gegen den Abhang.

Erst in diesem Augenblick sah ich, daß in alle Felsblöcke auf dem Bergfeld Buchstaben eingegraben, eingemeißelt waren, grobe, tiefe Buchstaben. Ich ging näher heran und las, ging zur nächsten Felsplatte, las und stieg höher. Es waren Gedichte, die auf den großen, nackten Steinen standen, auf allem Gestein hier, auf hundert oder zweihundert Felsblöcken.

Es waren kurze Gedichte. Manche hatten drei Verse, manche vier, manche sechs, und alle waren gereimt. Kurze Gedichte mit wenigen und einfachen Worten, die sich wiederholten, immer wieder vorkamen. Alle Gedichte auf den großen, grauschwarzen Steinen waren an eine Person gerichtet. Nicht an eine einzige, nein, an drei verschiedene Personen: an Gott, an eine Frau und an einen padrone, einen Herrn. Die Gedichte an Gott waren Gebete, knappe, wortkarge Gebete, die dankten und auch flehten, um Gesundheit, um Wasser; die schrien aus Angst. Die Gedichte an die Frau, es waren nur wenige, sprachen von Lust und Treue und Kindern und vom frühen Tod dieser Frau. Ihr Name und der Name des Mannes, der die Gedichte hier eingemeißelt hatte, standen nicht da. Die Gedichte an den Herrn, den padrone, den Besitzer, baten um Brot und mehr Gerechtigkeit; eines sprach von Wut, von Auflehnung; das war nicht zu Ende geführt. Es war aber das einzige, unter das der Mann seinen Namen geschlagen hatte: Mazzamuto Giuseppe.

Ich stieg weiter, von einem Gedicht zum anderen, und kehrte zurück zu seinem Sohn, der jetzt im Schatten eines der Felsen neben seinem Hund kauerte und hier auf mich wartete.

- Ja, sagte ich, Ihr Vater war ein Dichter.

Der Mann lächelte und stand auf.

- Mein Vater war ein Hirt, sagte er. Ein armer Teufel, der für unseren padrone, für den auch ich noch arbeite, mit der Hacke, auf seinen Feldern, hier Schafe gehütet hat. Schafe und Ziegen; und dabei hat er die Gedichte in die Felsblöcke geschlagen.

- Wie lange war er hier?

- Mein Vater ist nur drei Jahre in die Schule gegangen, in San Mauro, und dann war er Hirt auf diesen Bergfeldern. Als er im Sterben lag, wurde er neunundsiebzig, am selben Tag.

Il Bosco

Mimiddu Diagonale. Ein Angestellter, ein Bankangestellter. Ich begegnete ihm das erste Mal, als ich im »Banco di Sicilia« mein deutsches Geld gegen Lire umtauschte. Er fragte mich nach meinem Beruf.

- Schriftsteller, sagte ich.
- Romane?
- Ja.
- Auch Gedichte?
- Ja. Augenblicklich arbeite ich für das Deutsche Fernsehen.

Er blätterte in meinem Paß und sah mich durch seine schwarze Hornbrille ernst und genau an, sagte aber kein Wort mehr. Doch von diesem Tag an tauschte er mir mein deutsches Geld günstiger um als früher. Zu einem cambio speciale, einem besonderen Kurs, wie er sagte. Ich gewann dabei nur ein paar Lire, nicht viel, drei auf tausend vielleicht. Es war eine lautlose Geste, eine auf Zehenspitzen.

- Ich frage jeden deutschen Touristen, der an meinen Wechselschalter kommt, ob er Ihren Namen kennt, sagte er ein paar Wochen später. Drei haben ihn gekannt.

- In diesem Jahr sind viele deutsche Touristen in Sizilien.

Er lachte und klopfte mir auf die Hand.

- Coraggio! Nur Mut.

Eines Abends traf ich ihn an einer Bar auf dem viale Principe Umberto. Wir tranken einen Espresso miteinander, und er bezahlte für uns beide.

- Wollen Sie morgen abend zu mir kommen? fragte er unvermittelt. Nach der cena, nach dem Abendessen – entschuldigen Sie bitte.

Die Einladung in seine Wohnung kam für mich überraschend. Ich sagte zu.

Er wohnte in einem der neuen Blocks zwischen Felshang und Meer. Eine geräumige, lichte Wohnung, die mir sofort gefiel. Im Salon saß zwischen fünf Kindern, die alle noch klein waren, acht bis zwei Jahre alt, seine Frau: eine dunkle Frau mit einem schönen, strengen Gesicht, die schwanger war.

Wir tranken ein Glas gekühlten chiaretto. Nur er und ich. Die Kinder saßen stumm, verlegen und fein nebeneinander auf dem Sofa. Hin und wieder streifte sie ein ernster Blick der Mutter.

Dann sagte Mimiddu Diagonale:

- Ich möchte Ihnen gern etwas zeigen, wenn Sie erlauben?

Seine Frau stand sofort nach diesem Satz auf. Ihr üppiger Mund verzog sich, als durchzucke sie ein heftiger Schmerz. Ihre Augen wurden härter. Sie ging rasch aus dem Salon. Die Kinder schubsten einander vom Sofa, grienten und kauerten sich zusammen auf den Marmorfußboden.

Mimiddu Diagonale rollte eine breite Leinwand auf, verdunkelte den Salon und schob einen Projektor herein.

- Auch ich habe gefilmt, sagte er. Meine Arbeiten sind im sizilianischen Regionalprogramm gezeigt worden. Avanti!

Der Film spielte unter Toten und ihren Hinterbliebenen. Auf einem Friedhof. Er zeigte, daß die Trauer der Leidtragenden in Wirklichkeit oft Angst ist, Angst vor dem eigenen Tod. Es war ein intellektueller Film, aber von einer Intelligenz, die sich sinnlich ausdrückt, die in einen Körper fährt; ein Film, der in Rhythmen, Bewegungen, durch Masken und Bilder spricht. Dieser Bankangestellte war gewiß kein Buñuel, kein Fellini, doch wenn mich meine Augen, mein Hirn nicht völlig im Stich ließen: Der Film hatte die Qualität der früheren Filme von Ingmar Bergman – »Abend der Gaukler« oder »Das siebente Siegel« zum Beispiel –, und sein Regisseur, sein Autor hätten in Paris keine unbekannten Namen getragen. Jedenfalls nicht lange.

Ich sagte es ihm. Er lachte ungläubig.

- Eine Imitation! sagte er voller Selbstverachtung. Sie haben es sofort herausgefunden.

- Nein. Eine sizilianische Variante. Ich bin bis heute nie auf den Gedanken gekommen, daß es zwischen Sizilianern und Ingmar Bergman Verwandtschaften geben könnte.

- Doch, und er ist der größte lebende Filmregisseur der Welt.
- Das glaube ich zwar nicht, aber...
- Ich habe viel von ihm gelernt, sagte Mimiddu Diagonale. Aber nun die schneidende Wahrheit: Wie finden Sie meine Arbeit?
- Gut.
- Ohne Komplimente, im Ernst?
- Ja.

Er kam mit einer Filmrolle nahe heran und sah mir fest in die Augen.
- Signore, Sie sind der einzige Mensch in dieser kleinen sizilianischen Stadt, der ... Sie arbeiten selbst in diesem Metier... Sie verstehen, was es für mich bedeutet – Sie dürfen sich nicht über mich lustig machen!
- Ich finde Ihren Film erstaunlich und eigenwillig. Sie müssen weiterarbeiten.

Er legte plötzlich beide Arme um meine Schultern und preßte mich kurz an sich. Dann wandte er das Gesicht ab. Die Kinder trugen den Filmprojektor aus dem Salon. Sie sprachen jetzt sehr laut miteinander, tobten und schrien. Die ernste, schöne Frau sah ich nicht mehr.

- Haben Sie noch mehr Filme gedreht als den einen, den Sie mir gezeigt haben und der mir noch immer gefällt? fragte ich, als wir uns an einem Sonntagmorgen auf der Promenade am Meer wiederbegegneten.
- Drei. Aber seit fünf Jahren keinen mehr.

- Warum?

Er blieb an der Balustrade stehen, sah hinunter auf das Meer, das unruhig war an diesem Morgen, seine Löwenmähne schüttelte, und steckte sich eine Zigarette an. Seine Hände zitterten dabei, er vergaß, auch mir eine Zigarette anzubieten, und ich bat ihn nicht darum.

- Meine Frau ist eifersüchtig. Auf den Film, sagte er fast ausdruckslos.

- Auf diesen Film?

- Auf alle, auf den Film an sich. Sie versteht nicht, warum mich diese Arbeit so fasziniert, packt, aufwühlt – wie eine Geliebte.

Wir gingen an der Balustrade über dem Meer auf und ab, und viele Leute grüßten ihn respektvoll. Er blieb jäh vor mir stehen.

- Warum fragen Sie mich nicht, weshalb ich nicht weggehe von ihr, von allem hier, ausbreche? Sie haben es schon erraten?

- Nein.

- Ich habe jeden Mut verloren, sagte er leise und ging weiter. Ich habe das Rückgrat gebrochen.

- Aber Ihr Film ist gut, und ich glaube, daß Sie ein guter Regisseur sind, der seinen Weg machen kann.

- Schweigen Sie still! schrie er mich an und drückte zugleich meinen Arm. Ich bin mit dieser Frau verheiratet. Ich liebe sie. Ich liebe sie, und wir haben fünf Kinder. Fünfeinhalb. Drei weniger als Fellini! Er lachte scharf.

Wir kehrten um. Die Stadt lag jetzt vor uns am Fuß des nahen Vorgebirges.

- Jedes Jahr einmal, nie öfter, laufe ich zum Advokaten, sagte er. Dann will ich mich von ihr trennen. Der Advokat ist ein alter Freund, ein väterlicher Freund. Und wir spielen immer den gleichen Auftritt, wir haben immer den gleichen Dialog. Ich erkläre ihm dramatisch, daß und warum ich mich trennen, endlich trennen will nach neun Jahren Ehe – um nicht an meinen ungelebten Szenen zu krepieren! Und er fragt mich trocken: »Wieviele Kinder hast du ihr gemacht?« – »Vier«, sage ich. »Fünf. Bald sind es sechs.« – »Fuori!« brüllt dann mein väterlicher Freund. »A casa! Hinaus! Mach daß du nach Hause kommst!« Danach ist diese Sequenz zu Ende. Bis zum nächsten Mal. Ich werde mich nie von ihr trennen, niemals. Es ist zu spät.
- Wie alt sind Sie?
- Fünfunddreißig.

Er hakte sich bei mir ein, und wir sahen jetzt aus wie viele der sizilianischen Freundespaare, die hier spätabends oder Sonntag morgens am Meer spazierengehen und von den Fremden mißverstanden werden.
- Ich liebe diese Frau! rief er wütend und trat gegen die Balustrade. Ich muß sofort nach Hause.

Er sah auf seine Taschenuhr, und wir gingen schneller auf die Stadt zu. Die Sardellenfischer manövrierten ihre Boote aus dem Hafenbecken.
- Einer euer Bauern in den Madonie hat mir neulich gesagt: »Keiner taugt auf die Länge etwas ohne Freude: Sein Herz trocknet aus, wird ein Stück Wüste. Wir haben zur Freude nur die Frauen und

den Wein. Alles andere ist hier unmenschlich. Auch das Meer, auch die Sonne.« Dieser Bauer hatte zehn Kinder und wußte oder wollte es nicht anders. Aber Sie, Sie brauchen doch nicht jedes Jahr...

- Ich weiß, was Sie sagen wollen, murmelte er rasch. Aber sie, meine Frau, nimmt diese »pillola« nicht! Nie und nimmer. Ich habe genug davon in Palermo besorgt. Der Arzt hier verschreibt sie nicht, aber ich habe sie, ich habe sie für Jahre, ein ganzes Jahrzehnt. Doch meine Frau glaubt, daß sie ein Mittel der Sünde sind. Meine Frau ist bis in die Wurzeln katholisch, katholisch wie ein Erzbischof – verstehen Sie? Sie können sich nicht ausmalen, wie wir auf diese Enzyklika Papst Pauls VI. gewartet haben – auch meine Frau. Ich war davon überzeugt, die Kirche wird uns diese menschliche Erleichterung der Natur erlauben. Ich habe tausendmal mit meiner Frau darüber gesprochen, sie hätte auf der Stelle eingewilligt, wenn der Heilige Vater... Nun, Sie wissen, was geschehen ist.

- Es gibt nicht nur diese Pille.

Er sah weg aufs Meer und sagte halblaut:

- Signore, meine Frau und ich... Wir sind sehr leidenschaftlich. Mi scusi.

Er zog unwillig seine Taschenuhr.

- Ich muß zum Mittagessen. Ich bin immer pünktlich. Ich würde Sie gern einladen, aber Sie haben einen schweren Fehler gemacht, mein deutscher Freund: Sie haben meinen Film gelobt.

- Sie sollten auf jeden Fall weiterarbeiten, sagte ich.

Er lief mir jetzt um drei Schritte voraus. Sie sind ein Regisseur: Ihre Frau muß es verstehen lernen.
- Nein, nein, sagte er mühsam. Zu spät. Ich bin nur ein Bankangestellter. Noch dreißig Jahre. Neunundzwanzigeinviertel genau.

Er blieb außer Atem stehen, kam ganz nahe an mein Ohr und flüsterte:
- Aber ich habe doch noch eine Freude! Eine heimliche Freude, hier.

Er klopfte an seinen Kopf.
- Ich hoffe es, sagte ich und versuchte zu lachen.
- Doch, doch. Haben Sie nächsten Sonntagmorgen wieder Zeit, um neun Uhr?
- Wie lange?
- Drei Stunden.
- Ja, gern.
- Ich hole Sie mit dem Wagen in Ihrer Plantage ab.

So kam ich nach Il Bosco.

Wir waren eine gute halbe Stunde gefahren, über Gibilmanna hinaus; dann mußten wir den Wagen stehen lassen. Es führte nur noch ein Maultierpfad weiter in einen Landstrich, der seit langem von einer gnadenlosen Sonne abgeweidet war und nackt und tot dalag.
- Was wollen Sie mir an dieser verbrannten Flanke Siziliens zeigen? fragte ich verständnislos.
- Kommen Sie, kommen Sie nur! Da liegt es schon vor uns.

Il Bosco erinnerte mich an das Landschloß Don Fabrizios, des »Leoparden« – aber nach dem Erdbeben im Bélice-Tal. Ein langer Hauptbau, zwei Seitenflügel. Die Dächer teils eingestürzt, die Mauern nur noch Stümpfe. In den Sälen wuchsen Oleander, Brombeergestrüpp, wilde Rosen, Feigen und mannshohe Kakteen.

Eine Ruine. Eine mächtige, leere Ruine, in der nicht einmal mehr eine Ratte leben konnte, nur Eidechsen sich sonnten.

- Von hier stammt meine Familie, die Familie meines Vaters, sagte Mimiddu Diagonale. Il Bosco gehört uns auch heute noch; das heißt, meinem Vater, er ist Arzt, und seinen Brüdern.

- Und es bedeutet Ihrer Familie noch viel, dieses tote Landgut auf der verbrannten Erde? fragte ich.

- Mir, nur mir! Ich fahre, sooft ich kann, hierher. Heimlich. Meine Frau wäre sonst eifersüchtig.

Wir gingen durch die eingestürzten Säle und Zimmer, betrachteten den riesigen Kamin der Küche, gingen unter den eingefallenen Tonnengewölben in den Weinkeller, klopften an ein gewaltiges, längst zerschlagenes Faß.

- Seit wann ist das alles so zerstört? fragte ich.

- Seit hundert Jahren. Seit hunderteinunddreißig Jahren. Seit es keinen bosco, keinen Wald, mehr hier gibt. Früher gab es viel Wald in Sizilien, nicht nur den Bosco di Caronia, den Bosco della Ficuzza – nein, auch hier.

- Und dann? Ein Erdbeben, ein Brand?

- Nein, in dieser Gegend gab es nie ein Erdbeben. Il Bosco ist nicht von heute auf morgen zerstört worden oder über Nacht niedergebrannt. Es ist ganz langsam verfallen, zu Grunde gegangen. Ein Besitzer liebte den Wein zu sehr und mußte die ersten Pferde verkaufen. Ein anderer verspielte Hektar um Hektar bei der zecchinetta. Es gab manches Laster auf diesem Landgut. Orgien.

Mimiddu Diagonale lachte und verstummte sofort wieder.

Wir waren in einen kleinen, abgelegenen Saal getreten, der trotz seines Marmorbodens nicht weniger wüst und verwildert war als die anderen Räume; doch eine Dattelpalme, die irgendwann von Afrika hierher gekommen war, sie hatte überlebt. Ich sah an ihr auf bis zu dem Wipfel, der hoch über den Mauerresten in der blauen, flimmernden Luft stand.

Mimiddu Diagonale rüttelte mich an der Schulter.

- Jetzt will ich Ihnen zeigen, warum ich immer wieder nach Il Bosco fahre, signore. Doch nicht nur wegen dieser Ruine meiner Familie! Bin ich ein pazzo, ein Narr?

Er schloß eine unter Reisig versteckte Falltür auf und holte eine Truhe herauf.

- Setzen Sie sich bitte, sagte er mit unverhohlener Begeisterung. Setzen Sie sich da drüben unter die Palme, der Platz ist besonders gut geeignet.

In Mimiddu Diagonales Truhe stand ein Grammophon, ein erstklassiges, nur etwas veraltetes Grammophon; und daneben eine Schatulle mit den Symphonien Beethovens.

- Beethoven! rief Mimiddu Diagonale, staubte eine

der Schallplatten sorgfältig ab, nahm sie sanft zwischen seine Handteller und betrachtete sie zärtlich, bevor er sie auflegte.
- Beethoven, ah!
- Nicht doch Mozart?
- Nein, das haben wir selbst: die Sinnlichkeit der Frauen, den Wein, die Ironie des Lichts, die immerwährende Nähe des Todes – aber Beethoven, das haben wir nicht. Ludwig van Beethoven: Er krempelte die Ärmel auf, ballte die Faust und stieß sie seinem Schicksal in den Rachen! Ludwig...

Mimiddu Diagonale setzte sich auf einen Mauerstumpf und stützte den Kopf in die Hand. Die Musik hob an. Das Philharmonia Orchester spielte unter der Leitung von Otto Klemperer die 3. Symphonie in Es-Dur, die »Eroica«.

Mimiddu Diagonale schreibt mir noch immer. Jedes Jahr zu meinem Geburtstag. Alle Jahre, seit ich Sizilien verlassen mußte. Seine Briefe haben inzwischen fast wörtlich, alle den gleichen Schluß:

»Ortensia und ich haben jetzt neun Kinder. Neun, signore! Wir sind sehr glücklich. Ich gehe noch jeden Tag in die Bank. Schreiben Sie mir bitte einzig und allein an diese Adresse, in mein Büro. La gelosia, die Eifersucht... Aber Sonntag morgens: Il Bosco. Beethoven – ah!

Ich umarme Sie in ernsthafter Freundschaft. Kommen Sie, kommen Sie wieder, signore, nach Sizilien und zu Ihrem alten

Mimiddu Diagonale

Seine Filme erwähnt er nie mehr.

Im letzten Jahr hat er begonnen, für seine Familie in der Stadt ein Haus zu bauen.

Aber das da!

Einige Wochen später fuhr ich noch einmal hinauf nach Il Bosco, mit meiner deutschen Freundin diesmal, und wir gingen in den verwüsteten achtundzwanzig Zimmern umher, über denen keine Decke mehr lag und kein Dach; durch die der scirocco fauchte, in denen die schwarzen Vipern oder die Eidechsen sich sonnten, eine Feldmaus huschte, die sich hierhin verirrt hatte und nun, vor Angst pfeifend, nach der Freiheit ihrer Felder suchte, über denen der Habicht rüttelte.

Wir dachten uns Menschen aus, die hier gelebt hatten, in vielen Jahrhunderten, glückliche und unselige Menschen: Kranke, Damen, Narren, Feiglinge, Jäger, Träumer, Mägde, Leibeigene, Kinder; und ihre Geschichten, ihre Grausamkeit, ihren Reichtum, ihre Hoffnung, ihren Mut, ihre Leidenschaften, Gebete, Laster, Geheimnisse und ihren Tod.

Dann stiegen wir noch höher in die Madonie, und nach einer halben Stunde lag auf der öden, von Menschen längst verlassenen Berghalde wieder ein Haus. Eine Hütte vielmehr, nicht geräumiger als ein alter Eisenbahnwagen. Eine Behausung aus rohem Bruchstein, mit einem rostigen Blechdach darüber.

In der niedrigen Tür stand ein hagerer Mann in einem schmutzig weißen Unterhemd, in schwarzer Tuchhose und Schaftstiefeln. Er trug eine Leinenmütze, wie sie die Radrennfahrer haben.

Der Mann blieb in der Tür stehen, ließ die Arme hängen und sah uns zu, wie wir den Maultierpfad zu seiner Hütte hinaufkletterten, mühevoll und ungeschickt. Es war ein finsterer Mann mit engstehenden, sehr dunklen Augen und einem breitgezogenen Mund, in dessen Winkeln Tabakreste klebten. Als wir nahe vor ihm standen und ihn mit zwei Worten begrüßt hatten, fragte er:

- Stranieri, Fremde?

- Ja, Deutsche.

Er hob den Türvorhang aus bunten Holzperlen, vor dem er stand, und fragte ohne Freude und ohne Abneigung:

- Kann ich Ihnen eine Erfrischung anbieten?

- Wir wollen noch weiter ins Innere fahren. Nach Madonnanuzza oder nach Collesano.

Doch meine Freundin sagte rasch:

- Ja, ein Glas Wein bitte, und lachte dabei.

Er blickte ihr gespannt und starr in die Augen, länger als bei uns üblich, betrachtete ihre nackten Arme und ihre Schuhe und antwortete:

- Der Wein ist nicht gut. Für Sie zu schwer. Es ist zuviel Sonne darin gefangen. Aber ich kann Ihnen Wasser holen, frisches Wasser.

Er hielt den Perlenvorhang noch immer auf, und

wir gingen gebückt in eine Küche, in der auch ein zweischläfriges Bett stand. Der Mann hob einen Stuhl und blies über den Sitz; dasselbe machte er mit einem anderen Stuhl und sagte:
- Nehmen Sie Platz. Ich komme sofort wieder.

Er tauchte durch den Perlenvorhang, und wir hörten seine Schritte sich rasch von der Hütte entfernen.
- Es war falsch, sagte meine Freundin, ich weiß. Aber ich hatte wirklich Durst, und wir können ja gleich wieder gehen.

Ich erwiderte nichts, und sie sagte noch:
- Allein möchte ich hier nicht sein.

Der Mann kam mit einer kleinen, tropfnassen Korbflasche zurück, holte zwei Gläser aus dem Küchenschrank, zwei schöne hohe Gläser, spülte sie aus und schenkte zuerst mir Wasser ein. Es war kalt und stand rein in den Gläsern und schmeckte ganz leicht nach Walderdbeeren. Ich trank noch einen Schluck, nickte und sagte:
- Sehr gut.

Der Mann schenkte jetzt meiner Freundin ein, wartete und fragte sie:
- Haben Sie je frischeres Wasser getrunken?
- Nein, und es schmeckt nach Walderdbeeren.

Der Mann lächelte mit seinem breiten, zahnlosen Mund, in dessen Ecken die Tabakfasern hingen.
- Wie kommt das? fragte ich. Wieso schmeckt dieses Wasser nach Walderdbeeren?

Er zuckte mit den Achseln und lächelte. Ich gab

meiner Freundin und ihm eine Zigarette, und wir rauchten alle drei. Er blieb neben uns stehen.

- Stammen Sie aus der Selva Nera, dem Schwarzwald? fragte er.

- Nein, sagte ich, aus der Gegend von Frankfurt. Aber danach haben wir in Bremen gewohnt, und bevor wir nach Sizilien kamen, waren wir lange in Westfalen.

Er wiederholte angestrengt:

- Frankfurt, Bremen, Westfalen, lachte und schüttelte den Kopf. Es sagte ihm nichts.

- Uccelli migratori, sagte er.

- Ja, Zigeuner.

- Nicht Zigeuner, rief er und machte rasch ein Abwehrzeichen in die Luft. Uccelli migratori.

- Was heißt das? fragte mich meine Freundin.

- Zugvögel.

- Und was hat er gegen Zigeuner? Haben selbst die Sizilianer etwas gegen Zigeuner?

- Es ist komplizierter, sagte ich. Er will nicht, daß wir uns in Sizilien wie Zigeuner fühlen.

Der Mann lächelte, als habe er unseren Dialog verstanden, und sah meiner Freundin abermals eindringlich in die Augen.

- Komm, laß uns bald gehen, sagte sie. Es ist mir zu abgelegen, zu unheimlich hier oben.

- Jetzt dürfen wir noch nicht gehen. Trink erst das Wasser aus, langsam.

Ich hatte die ganze Zeit den Eindruck, es halte sich noch jemand in dieser Einödhütte auf, obwohl ich niemanden hörte und auch hinter dem Vorhang, in dem zweiten Raum, niemanden gesehen hatte, als der Mann fortging, um draußen die Korbflasche mit Wasser zu holen.

Meine Freundin trank ihr Glas Wasser aus, stand auf und sagte:

- Vielen Dank. Es war wirklich besonders gut.

Der Mann lächelte wieder und füllte sofort ihr Glas nach.

- Ist jemand krank in Ihrem Haus? fragte ich, um weiterzukommen, klarer zu sehen.

Er hielt die Zigarette in der hohlen Hand, rauchte nicht, ließ sie glimmen und sagte ratlos:

- Ja, krank.

Er sah zu einer zweiten Tür, die ins Freie führen mußte, von der ein angenehmer, würziger Hauch nach glosendem Olivenholz herüberkam, hin und wieder auch das leichte Geräusch aneinanderschlagender Plastikbänder, und rief überraschend behutsam:

- Nuccia!

Niemand antwortete.

- Ihre Frau? fragte ich.

- Keine Frau mehr. Tot. Schon dreiundzwanzig Jahre tot, sagte er, zog an seiner Zigarette und trat sie auf dem Fußboden aus.

Stille.

- Was machen Sie hier? fragte ich unbeholfen.

Er sah mich an und verstand nicht.

- Ich will sagen: Was arbeiten Sie in dieser Einöde? Oder fahren Sie zur Arbeit hinunter, nach Termini Imerese?

- Ich bin von meinem padrone angestellt. Ich bewache Il Bosco.
- Die Ruine?
- Das Schloß. Es soll niemand hinein. Ich lasse sonst die beiden Hunde los. Sie sind scharf auf Menschen. Aber Sie, signore, habe ich dort schon gesehen, mit dem jungen Herrn.
- Warum soll niemand hinein?

Er zuckte mit den Achseln und sagte:
- Ich weiß es nicht. Außerdem koche ich da mit den Hirten ricotta, Topfen; baue ich Bohnen an und Zucchini und Tomaten im Schloßgarten. Ich habe auch ein paar Ziegen, Schafe und Hühner. Der Stall ist weiter oben im Berg, bei den Hunden, wo jetzt das Olivenholz kohlt.
- Wie lange sind Sie schon hier?
- Ich bin immer hier. Schon mein Vater war hier.
- Komm, sagte meine Freundin. Sie nahm meine Hand. Ich stand auf, bedankte mich und wiederholte:
- Wir wollen noch weiter, nach Collesano.
- Wo wohnen Sie in Sizilien? fragte er.
- Über Gillazza.
- Nach Gillazza kam ich jeden Monat einmal, als ich noch eine Familie hatte, kaufte ein und handelte mit meinen kleinen Produkten.

Er ging zu der zweiten Tür, öffnete sie und rief wieder mild:
- Nuccia! Die deutschen Herrschaften wollen gehen.

Draußen, auf der Ostseite des kleinen elenden

Hauses, saß auf einem Stuhl, dessen Sitzfläche aus Strohzöpfen geflochten war, ein Mädchen. Mitte Zwanzig vielleicht. Es saß ganz steif, reglos auf diesem Stuhl und sah hinunter über die Hügel der Madonie, auf das Meer.

Erst als der Mann uns zu ihr führte, fuhr sie zusammen, gab mir eine leichte, erhitzte Hand und sagte auf deutsch:

- Entschuldigen Sie bitte.

- Meine Tochter, sagte der Mann und lächelte nicht.

- Was ist Ihnen? fragte ich leise.

- Sie muß morgen zurück, in den Schwarzwald. In einen Ort, der Schramberg heißt. Sie arbeitet dort in einer Uhrenfabrik. Ein Freund, einer meiner guten Freunde, hat ihr diese Arbeit verschafft. Sehen Sie!

Er zeigte mir eine verläßliche deutsche Armbanduhr, die sich automatisch aufzog.

- Nuccia war nur über ferragosto hier. Morgen bringe ich sie nach Cefalù, zum rapido nach Milano.

Meine Freundin strich über das Haar des Mädchens und fragte:

- Kann sie nicht hierbleiben?

Der Mann hob die Arme und ließ sie hilflos fallen.

- Sie kann nur hierbleiben, wenn sie Geld verdient. Es reicht sonst nicht für uns beide. Auf dieser Erde hier oben wächst längst kein Geld mehr. Wenn sie treues Geld verdienen will, muß sie nach Deutschland fahren. Der Ort heißt Schramberg. Es soll eine reiche Stadt sein.

Das Mädchen fing an zu weinen. Der Mann nahm es in die Arme und blickte weg. Er preßte seine breiten Lippen aufeinander und sah einen Augenblick wie ein Clown aus. Das Mädchen weinte jetzt laut.

Ich fragte:

- Sind die Leute da, im Schwarzwald, nicht gut zu Ihnen?

- Doch. Und dann zeigte das Mädchen mit einer einzigen wilden Handbewegung hinunter und schrie:

- Aber das da!

Vor uns fielen, unter dem reinen Licht des Morgens, in klaren, sanften Rhythmen die Hügelwellen der Madonie zur Küste ab; und dahinter lag, ausgespannt bis zum Horizont, das Tyrrhenische Meer.

Häufig wechselnder Papagei

Am Ende der via Valverde und der via Leopardi lag die Bar des borgo, der Vorstadt, die einfach »Bar da Pino« hieß, von Freund und Feind im Viertel aber »Die Bar zum häufig wechselnden Papagei« genannt wurde.

Jedes Jahr einmal, meist Anfang Oktober, wenn die Nerven vom scirocco verschmort sind und die Augenringe bräunlich vor Müdigkeit nach dem fiebrigen Sommer und der rastlosen Arbeit, der Hetzjagd durch die Touristen, die doch auch willkommene Beute sind; wenn dieser notwendige Spuk vorbei ist und schon die alten Besorgnisse nagen: wie der Winter kargen werde mit Freuden und Dummköpfen und Einkünften – jedes Jahr, wenigstens einmal, wird die Bar für etliche kurzweilige Tage zum sprühenden Herd eines Skandals, der noch einmal alle erregt, begeistert und auch den taperigsten nonno mit schneller Zunge über seine trockenen Lippen lecken läßt.

Die traurigen Helden dieses Skandals, seine lächerlichen Opfer, seine Protagonisten: Pino, der Wirt, und Don Federico, ein Steuerbeamter.

Pino und Don Federico stammen aus ein und

demselben Dorf in den Madonie, aus der Nähe von Montemaggiore Belsito. Sie haben nebeneinander auf der Schulbank gesessen. Sie sind miteinander in die Küstenstadt, den alten Griechenhafen, gezogen und haben hier ihr Glück versucht. Mit dem unterschiedlichen Erfolg und Mißerfolg, den sie auch zu Hause, in ihrem verdorrten Bergdorf, verzeichnen konnten. Pino mußte schon immer seinen Buckel schleppen, einen kleinen, fast zierlichen Buckel freilich; und er hatte Geld geerbt, zukunftsrüstige Heckpfennige für ein so armes Land wie die Madonie. Don Federico dagegen besaß von Kindesbeinen an einen flinken, zuschnappenden Verstand, der immer auf seinen, Don Federicos, Vorteil aus war: ein furbo, ein Schlaukopf. Und außerdem verfügte er über eine Aura, das heißt, wahrscheinlich doch über mehrere Auren, die den Frauen gefielen und ihm die Stunden nach seiner aktenstaubtrockenen Arbeit, manchmal auch während der Arbeit, angenehmer gestalteten. Aber Don Federico hatte kein Geld! Wie schlau und liebenswürdig er es auch anfing, das Geld blieb nicht an seinen zartgebauten Händen kleben. Er war immer arm gewesen, er blieb es auch in der alten Küstenstadt, und über einen mediokren Posten im Finanzamt kam er niemals hinaus; obwohl er gewiß, denkschnell und beredt wie er war, jeden seiner Chefs glatt in die Tasche hätte stecken können – wenn er nicht arm, also ohnmächtig gewesen wäre.

Don Federico wurde im Laufe der vielen ohnmächtigen Jahre ein wenig fahl, gelb angesichts seines Schicksals; doch schließlich heiratete er ein außergewöhnlich schönes Mädchen, Rosella, ließ sich dadurch aber nicht die Köstlichkeiten auf anderen Tischen und Betten verleiden und lebte seine Männerjahre schmal, aber mit Freuden.

Pino wiederum, der Bucklige, machte zwischen Stadtkern und Meer eine Bar auf, jene »Bar da Pino« eben, kochte mit Lust und vorzüglich, schnalzte mit der Zunge, wenn er seinen Fisch, seine Wachteln, seine Törtchen auftrug, bezog seinen Wein vom eigenen Gut bei Campofelice di Roccella und wurde erst wohlhabend, dann reich. Das Sinnenglück bei den Frauen aber konnte er sich nun kaufen, und er tat es oft. Nur kränkte dieser Handel ihn heimlich; und er heiratete nie.

So gingen vierunddreißig Jahre vorbei. Auch der Faschismus, Mussolini, der Zweite Weltkrieg, das Elend danach, der schwarze und der graue Markt, sogar die Deutschen und die Amerikaner. Die Erde drehte sich alle vierundzwanzig Stunden einmal von Westen nach Osten um ihre Achse. Für Pino und Don Federico änderte sich kaum etwas, außer daß sie älter wurden, sich immer schiefer grüßten und der heimliche Groll, der seit der Schulbank zwischen ihnen schwelte, zwar nicht ganz erlosch, aber doch langsam erkaltete.

Bis eines Abends, beim Wein, Pino die Novelle in die Welt blies, er habe Don Federico mit Rosella ein ganzes Schock Hörner aufgesetzt! Und das nicht vor vierunddreißig Jahren, als ihnen beiden noch der scirocco ins Blut fuhr – nein, im letzten Sommer und erst vorgestern wieder.

Wahrscheinlich flunkerte Pino nur eitel und giftig, als er das Gerücht so mit beiden Backen anfachte; doch welcher Mann, welcher Sizilianer hat jemals, wenn auf den Hörnern getanzt wird, die niet- und nagelfeste Wahrheit herausgefunden – und auch noch geglaubt? Jedenfalls: Von der Stunde an, als Pino die unerhörte Geschichte vor seinen letzten Gästen prahlerisch und schamlos zum besten gab, änderte sich das Leben der beiden Männer bis ins Herz.

Don Federico, obwohl er doch gescheit genug war zu wissen, daß einer gegen Gerüchte meist im Nebel ficht, besonders wenn diese Gerüchte den anderen, den Kolporteuren und Zungendreschern, einen Kitzel machen – und das machten sie diesmal wahrhaftig, denn Don Federico hatte an manchem Aprikosenbäumchen gerüttelt, das nachher seinem Besitzer nicht mehr viel frisches Obst gab –, Don Federico vergaß auf der Stelle alle seine furbizia und Lebensweisheit: Kaum hatte er das Wispern seiner Schande gehört, da rannte er gleich zu zwei Advokaten und von denen, da sie ihm nicht scharf genug zubissen, zu einem dritten.

Er ging also vor Gericht. Er prozessierte Jahr und Tag und wurde dabei rasch noch ärmer und schließlich ein galliger Hungerleider neben seiner immer noch voll blühenden Rosella – doch er genoß den Triumph, daß er alle Prozesse gewann, ja, alle; daß Pino sein Schandmaul verboten wurde und der Wirt schmerzhafte Strafen in den Staatssäckel zahlen mußte, mehrmals, so daß auch er immer öfter seine Lire zählte und gar nicht mehr lange Nächte dazu brauchte.

Kurzum, nach weiteren acht Jahren hatten sich die beiden alten Knaben aus dem Dorf in den Madonie, Pino und Don Federico, gründlich ruiniert.

Soweit nichts Neues. Aber nun erst, beide hatten inzwischen ihren sechzigsten Geburtstag gefeiert, begann in voller Pracht der Skandal, der Pinos Bar an der belebten Ecke der via Valverde und der via Leopardi den Namen »Die Bar zum häufig wechselnden Papagei« einbrachte.

Pino hatte sich wirklich sein Schandmaul zugenäht, es war ihm zu teuer geworden; aber er sann auf Rache, eine Vergeltung, die ihn, so hoffte er, wenig kosten und doch schön giftig sein sollte. Und er fand sie. Pino erinnerte sich wieder an sein besonderes Geschick, mit dem er in der fernen Jugend allerlei Vögel zu behandeln gewußt, und kaufte sich im Hafen von Palermo einen Papagei, von dem ihm versichert wurde, daß er aus Südamerika stamme, aber auch italienisch fluchen könne.

Der Papagei konnte es in Wirklichkeit noch nicht, er krächzte nur ein paar Urlaute, aber Pino brachte ihm in langem, geduldigem Unterricht tatsächlich die menschliche Sprache bei. Ein einziges Wort zunächst nur, aber ein Wort, das in Sizilien wie ein Lastwagen voll Dynamit wirkt: »Cornuto!« Du Hahnrei.

Der Papagei kreischte das Schandwort mit seiner schrillen, hämischen Stimme, daß es jeder von Pinos Bar bis hin zur piazza Garibaldi hören konnte, hören mußte; bis zur piazza Garibaldi, an der Don Federico mit seiner Rosella wohnte. »Cor-nuto! Cor-nuto nazionale!« Das war fortan das erste Wort, das Don Federico am Morgen zu hören bekam, das letzte am Abend; und die Stadt an der Küste, durch den menschlichen Widerhall, mit ihm.

Was halfen Don Federico alle siegreichen Prozesse und sein Triumph, auch Pino zum armen Teufel gemacht zu haben? Was trösteten ihn die erfolgreichen erotischen Scharmützel auf fremden Lagern, vor dreißig, vierzig Jahren – nun war er die brutta figura, die Spottfigur der Stadt. Ein komischer Hahnrei, gewiß, aber das gibt es in Sizilien nicht. Er war gar nichts mehr, viel schlimmer, er war nur noch: »Cor-nuto! Cor-nuto nazionale!«

Da ging Don Federico eines Abends in Pinos Bar und schoß den Papagei mit einem alten Trommelrevolver tot. Basta.

Pino rannte auf der Stelle zum feurigsten Advokaten der ganzen Provinz, einem jungen Mann, der noch keinen villino am Meer hatte. Hatte Don Federico, ein mediokrer Steuerbeamter, überhaupt das Recht, ein solches Mordinstrument zu besitzen? Und stand es etwa einem Papagei nicht frei zu reden, was er wollte? Hausfriedensbruch, schwere Sachbeschädigung, ach was: Mord, murmelte Pino auf dem Weg zum Juristen. Doch der war gerade in diesem Augenblick nicht zu sprechen, gab ein Essen für einen Abgeordneten der Opposition – und überdies: Pino hatte inzwischen zu viele kostspielige Erfahrungen mit Advokaten gemacht, er hatte zu viel Lehrgeld gezahlt, einige Millionen Lire. Was, wenn doch wieder er verklagt und verdonnert würde? Wegen Rufmords gar? Nein, Pinos Wut war eine kurze Wut – er ging nicht noch einmal zu dem feurigen Advokaten. Er fuhr nach Palermo, in den Hafen, und kaufte einen zweiten Papagei.

Viele Nächte grübelte auch Don Federico in seinem nicht mehr ganz so flinken Gehirn, ob er Pino nicht besser doch wie einst verklagen sollte? Aber was, wenn er dieses Mal angesichts einiger Gesetzeswidrigkeiten, die ihm mit dem Revolver unterlaufen waren auf dem Weg zur Wiederherstellung seiner Ehre – wenn er den kostspieligen Prozeß verlöre? Er hatte nichts mehr zu verlieren. Längst saß er auch nicht mehr im Finanzamt. Er lebte, vorzeitig ausgepumpt und verabschiedet, von seiner kümmerlichen, jedes Jahr rascher schmelzenden Pension. Don Federico putzte und lud sorgfältig seinen Trommelrevolver und machte sich damit zum zweiten Mal auf den Weg.

Weitere sieben Jahre gingen übers Meer. Pino wie Don Federico wurden alt dabei. Don Federico alt, gallenbitter, vom Haß zerfressen und dürr. Alt, dick und kupferrot vom Wein der andere, Pino.

Und jemand wurde noch schneller alt, abgeblüht: die schöne Rosella. Seit jenem Abend vor gut fünfzehn Jahren, als Pino vor seinen letzten Gästen, weinfrohen Freunden aus dem borgo, der Vorstadt, jene zärtlichen Ehebrüche erfand oder auch die Wahrheit liederlich verriet, verließ Rosella ihre alte Wohnung an der piazza Garibaldi außer zum Kirchgang nicht mehr. Schon am nächsten Tag schloß Don Federico seine Frau ein. Für immer. Nur manchmal, wenn Don Federico mit dem Henkelkorb über den Markt tapert und einkauft, taucht ihr armer grauer Kopf zwischen den vergilbten Gardinen auf. Sie starrt hinunter auf die Bar an der Ecke und fährt voller Entsetzen zurück, wenn jemand zu ihr aufblickt.

In Pinos Bar aber bleibt es viele Abende lang still; zu still. Es tut sich nichts. Die Bar geht nicht mehr wie früher. Sonderbar ist, daß dann Don Federico spät in der Dunkelheit immer häufiger vor dem Perlenvorhang an der Tür herumschleicht und versucht, in die Höhle zu spähen, aus der ihm Jahr und Tag Lächerlichkeit und Schmach drohten, und dann ausspuckt; und daß Pino in diesen stillen Zeiten ruhelos an dem hohen Spiegel der Bar vorbeigeht, einen Blick hineinwirft, ob nicht doch sein Buckel etwas kleiner, ein wenig flacher geworden sei, fast schon gerade, daß er endlich vor die Tür tritt, Don Federico wortlos anstarrt und dann ebenfalls ausspuckt.

Dieses trockene scharfe Ausspucken der beiden Greise voreinander ist zu dieser Nachtstunde manchmal das einzige Geräusch an der Ecke der via Valverde und der via Leopardi.

Sprühendes Leben aber kommt jedes Jahr noch einmal in die Küstenstadt, wenn der wirrselige Sommer mit seinen lästigen und notwendigen Fremden aus dem Norden verlodert ist und es, im Oktober meistens, heißt: »Pino hat wieder einen neuen Papagei!« Oder gar, wenn wie ein Lauffeuer später die Nachricht durch die Straßen flackert: »Pinos Papagei kann schon fluchen! Don Federico aber...«

Gaspare

In L., Westfalen, rief mich eines Spätnachmittags mein Hausarzt an und fragte:
- Ich habe hier einen Patienten, einen jungen Sizilianer aus der Nähe von, warten Sie: Caltavuturo. Der Mann steht kurz vor einem Durchbruch des Blinddarms in die Bauchhöhle – aber er will keine Appendektomie, er will sich um nichts in der Welt operieren lassen! Er hat mir sogar eben sein Messer, ein Stilett, in meinen Schreibtisch gerammt. Bevor ich die Polizei benachrichtige ... Sie haben doch lange in Sizilien gelebt, kennen diese mir völlig exotische Mentalität da unten – wollen Sie ihm noch einmal ins Gewissen reden? Er ist jetzt zu Hause. Es geht buchstäblich um Leben und Tod, sagen Sie ihm das. Mir scheint er ja nicht zu glauben.

Ich fuhr in die Hospitalstraße, wo er auf engem Raum mit drei anderen Gastarbeitern wohnte, und fand ihn auf seinem Bett liegen, in einem schwarzen Anzug.
- Sie kennen mein Dorf? fragte er mich sofort. Der Arzt hat gesagt, Sie kennen mein Dorf.
- Ich war einmal dort, im vorigen Sommer.

- Wie hat man Sie empfangen? Haben Sie gut gegessen und getrunken und gelacht?
- Ja, ich habe in der Trattoria neben der Post...
- »La Trinacria«.
- Ja, ich habe in der »Trinacria« gegrilltes Huhn gegessen; zwischen Haut und Fleisch steckten frische Pfefferminze, Rosmarin und Knoblauch.
- Und der Wein? Wollen Sie ein Glas davon, hier in L.?
- Zu schwer.
- Achtzehn Grad, sagte er und lachte. Sie müssen gazzosa, Sprudel, hineingeben oder granita.
- Ich weiß. Sie heißen Spicuzza?
- Spicuzza, Gaspare.

Er hatte die ärztliche Anweisung befolgt und gefastet, doch er bot mir eine Zigarette, Marke Nazionali, an und sagte:
- Ich könnte Ihnen günstig Zigaretten besorgen, wenn Sie Nazionali oder Marlboro mögen. Sehr günstig.
- Nicht besonders gern.
- Auch zu stark?
- Ja.

Er lachte wieder, entschuldigte sich, daß er mir im Augenblick nicht mehr als Wein und Zigaretten anbieten könne, und fragte:
- Haben Sie die Mädchen in meinem Dorf gesehen?
- Nein. Es war am hellichten Nachmittag, gegen zwei.
- Ja, dann sind die Mädchen nicht da, nicht auf der Straße.

Er zog eine Brieftasche unter der Matratze hervor und sagte:
- Ich habe fünf Schwestern.

Er zeigte sie mir auf einem abgegriffenen Foto. Sie waren alle jung und auf eine sehr dunkle Art schön.
- Wenn Sie meinen Schwestern begegnet wären: Hätten Sie gefragt, was unsere Männer in den Städten fragen, flüsternd und im Vorbeistreichen: »Wann fahren wir hinunter ans Meer und machen die Liebe? Ich werde über dich kommen wie die Brandung über die Erde.«
- Nein.
- Es tut mir leid für Sie: aber meine Schwestern hätten nicht einmal die Augenlider gehoben. Sie hätten Sie gar nicht gesehen.
- Das glaube ich auch.

Ich merkte, daß Gaspare Fieber hatte und starke Schmerzen; aber ich konnte es nicht von seinem Gesicht ablesen. Ich hörte es an seiner Stimme, aus seinen Worten voller Angst, Durst und beschädigtem Stolz.
- Mariannina, die älteste, vielleicht die Augenlider! Vielleicht. Sie ist schon achtzehn, murmelte er. Aber sie hätte Ihnen nur ein Wort gegönnt, eines: mai, niemals.

Ich sagte:
- Kommen wir auf den Punkt, signor Spicuzza: Sie müssen sich sofort operieren lassen. Sofort.
- Mai, niemals, erwiderte er und versuchte zu lächeln.

- Warum nicht? fragte ich, um ihn zum Sprechen zu bringen, ihn aus seiner Einsamkeit herauszuholen, und kannte doch seine Antwort bereits.
- Es ist nicht schlecht, hier zu leben, ein paar Jahre. Ich bin gern hier. Aber sterben, sterben will ich nicht in Deutschland. Mai. Niemals, signore.

Ich antwortete ihm, hier brauche niemand mehr an einer Blinddarmentzündung zu sterben, wenn er sich rechtzeitig operieren lasse.
- Niemand?
- Fast niemand.
- Ich bin »Fast«. Ich bin signor Fast, sagte er und lachte zu laut.
- Nein, aber...
- Hören Sie zu! sagte er ernst und heftig, während er sich unter Schmerzen aufrichtete und es in seinem dunklen, bitteren Gesicht arbeitete: Ich werde mich nicht operieren lassen, mai, wenn nicht meine Familie dabei ist, meine Großmutter, meine Mutter, mein Vater, meine Geschwister. Ich habe es schon diesem Arzt gesagt, ich sage es Ihnen noch einmal. Basta.

Er legte sich zurück, sah zur Decke und rauchte.

Ich antwortete ihm, daß ich vier Jahre in seinem Land gelebt hätte und ihn wenigstens annähernd verstünde. Er zog das untere Lid des linken Auges herab und schüttelte den Kopf.
- Also gut: Lassen wir Ihre Mutter kommen oder Ihre Großmutter oder Ihren Bruder.
- Ich habe keinen Bruder.
- Dann Ihre älteste Schwester, Mariannina. Wir

werden das Geld zusammenbekommen, Sie und ich.

- Es geht nicht um das Geld! sagte er schroff. Ich habe gespart hier, in Deutschland. Wir sind auch in unserem Dorf nicht arm, keine Katzenabnager. Aber meine nonna ist zu alt, meine Mutter selber sehr krank, Krebs im Bauch, und niemand kann jetzt von den Feldern, von den Tieren weg.

Ich schwieg und wiederholte dann doch:

- Signor Spicuzza, Sie müssen sich operieren lassen, sofort. Sie sind in Lebensgefahr.

Er schüttelte unwillig den Kopf, steckte sich die nächste Zigarette an und fragte:

- Hat man Ihnen in der »Trinacria« auch die Fischgeschichte erzählt?

- Nein.

- Sie ist die eiserne Wahrheit, Ehrenwort. Ich war dabei. Damals ging ich noch zur Schule, das letzte Jahr, mit zwölf. Signore, soll ich Ihnen die Fischgeschichte unseres Bergdorfs erzählen?

- Richtiger und wichtiger wäre jetzt...

- Unser Pfarrer ist kein Dummkopf, o nein! Aber er glaubt an Wunder, er glaubt wirklich noch daran. In der Schule hat er uns von der Speisung der Fünftausend erzählt, mit nur zwei Fischen und fünf Broten. Mit seligem Gesicht hat er davon erzählt. Sind Sie Christ oder Protestant?

- Protestant, aber...

- Ich bin Christ, doch ich glaube schon lange nicht mehr an Wunder. Denken Sie das nicht. Ich habe schon damals kein Blatt vor den Mund genommen.

Ich habe unserem Pfarrer gesagt: »Don Ambrogio, ich weiß, was Hunger ist. Ich kenne hier, in Sizilien, Leute, die wissen es noch viel, viel besser. Niemals, in tausend Jahren nicht, hat sie jemand durch ein Wunder satt gemacht. Auch die Kirche nicht. Ihr Wunder steht nur auf dem Papier.« Nun, er hat mich nicht geschlagen, Don Ambrogio. Das hat mein Vater besorgt. Gründlich. Ein Mann, mein Vater. Aber Freitag darauf kam die Wasserhose.

- Eine Wasserhose? Bei Ihnen, in den Madonie?
- Ja, eine Wasserhose, bei uns in den Madonie, eh?

Er lachte über mein ungläubiges Gesicht.

- Schade, daß wir keinen Wein zusammen trinken können. Aber glauben Sie mir, parola d'onore, auf Ehrenwort: Es kam eine Wasserhose. Wissen Sie, wie diese Bestie aussieht?
- Nur so ungefähr.
- Wie ein Elefantenrüssel! Oben ist der dicke Kopf, in einer Gewitterwolke. Ein Monster. Also, sie kam vom Capo Raisigerbi her übers Meer. Sie wanderte, drehte sich, wirbelte über das Meer, wurde ein geblähter Schlauch, ein himmlischer Trichter, mindestens hundert Meter hoch – und plötzlich schüttete er über meinem Dorf Fische aus! Körbe voller Fische. Fische, die sonst nur mitten im Meer vorkommen. Noch nie im Leben haben wir so viele Fische gegessen. Ich sage es ja: Körbe voller Fische. Am Abend war unsere Kirche besser besucht als an Ostern. Ich war dabei.

Gaspare lachte, lachte, daß ihm die Tränen

kamen. Er sah jetzt sehr müde aus und noch fiebriger.

Ich sagte:

- Eine schöne Geschichte. Aber...

- Glauben Sie mir etwa nicht, daß sie wahr ist, wahr wie Quellwasser?

- Doch, ich glaube Ihnen. Ob sich alles nun genauso zugetragen hat, wie Sie's erzählen, spielt keine große Rolle dabei.

- Genauso.

- Gut, sagte ich, ich werde jetzt gehen und mit dem Arzt sprechen. Wir finden schon einen Weg. Allerdings müssen Sie mithelfen, daß...

- Es gibt nichts mehr zu verhandeln, antwortete er. Wenn dieser Arzt mich gesund macht, werde ich glücklich sein und sehr dankbar; aber operieren lasse ich mich hier nicht. Basta.

Am nächsten Morgen rief mich der Arzt an und teilte mir ratlos und verärgert mit, daß der junge Sizilianer über Nacht aus seiner Wohnung, aus seinem Bett verschwunden sei. Er habe sich auch nicht in der Fabrik, an seiner Arbeitsstelle abgemeldet. Natürlich wüßten seine sizilianischen Kollegen mehr darüber, aber die sagten kein Wort.

- Er ist nach Sizilien gefahren, sagte ich. Nach seinem Dorf in den Madonie.

- Woher wissen Sie das? Es ist unmöglich.

- Ich weiß es nicht, aber ich glaube es.

- Dann ist er jetzt ein toter Mann. Er wird die Reise nicht überstehen. Vierzig Stunden – Wahnsinn.

Gaspare Spicuzza kam vierzehn Tage später wieder in L., Westfalen, an; in eben der Woche, als ich nach Sizilien zurückkehren wollte.
- Er lebt tatsächlich noch, sagte mein Hausarzt, als ich ihn aufsuchte, um mir Medikamente für die nächsten Monate verschreiben zu lassen.
- Operiert?
- Nein, das ist ja das Absurde. Er hat sich auch in Sizilien nicht operieren lassen. Seine nonna wollte es nicht, irgendein Pfuscher im Dorf hat ihm die Hand aufgelegt – und die Appendizitis war weg. Ich habe ihn gleich zur Kontrolle in die Klinik geschickt: Sie ist verschwunden, einfach weg. Ein Unding.

Er schüttelte den Kopf, betroffen und auch wütend.

- Haben Sie keine Angst gehabt, Angst um Ihr Leben? fragte ich Gaspare Spicuzza, als ich mich am anderen Tag von ihm verabschiedete.
- Angst? Aber natürlich! Deswegen bin ich doch gefahren. Sie werden mein Dorf besuchen, meine Familie? Es wird allen eine große Ehre sein, Sie zu empfangen, signore.

Wegen »widerrechtlicher Entfernung vom Arbeitsplatz« verlor Gaspare Spicuzza seine Stelle in der Fabrik und ging drei Wochen später nach Frankfurt. Oder nach Köln. Dort soll er heute mit Drogen handeln.

Der Helikopter

Ein Fiat 500, auf den ein Lautsprecher montiert war, fuhr aus der Küstenstadt in die Madonie. Er kam auch über die steilsten, engen Berggassen und zu uns hinauf nach Gillazza.

Wir hörten ihn schon seit einer Stunde, bald näher, bald ferner, je nachdem, ob er in vielen Serpentinen unsere Höhe erklommen hatte oder durch die Schluchten rollte. Die canzoni des brennenden Sommers schallten, laut und nach Liebe, Meer und Nacht lechzend, und wurden gefühllos unterbrochen durch eine hohle Gasse, einen Bergeinschnitt. Sie schmetterten von neuem ihren Balzruf; und dann verkündete eine amtliche Stimme, großatmig rollend, daß ein Helikopter über die Madonie fliegen werde, im Dreieck von Termini Imerese bis zum Monte S. Salvatore und von Petralia bis Santo Stefano di Camastra, morgen früh von acht Uhr fünfzehn bis zehn Uhr fünfunddreißig; und daß der hochwillkommene Helikopter ein Insektenvertilgungsmittel ausprühe, das, kontrolliert und garantiert, all den Milliarden Schädlingen, Schmarotzern, Parasiten, die sich gerade jetzt, in der feuchten Hitze, so unmenschlich vermehrten, den

Garaus machen werde; daß dieser giftige Segen zum ersten Mal in der vieltausendjährigen Geschichte Siziliens durch beispielhafte Kooperation aller sizilianischen Bauern, Winzer, Gärtner zustandekomme – auf der eigensinnigen Insel ein wahrhaft bahnbrechendes, epochales Ereignis; und daß die Bewohner der markierten Zone während des genannten Zeitraums unter allen Umständen in ihren Häusern zu bleiben hätten, auch die darauffolgenden drei Stunden noch, bei dicht geschlossenen Fenstern und Türen, denn dieses Insektenvertilgungsmittel sei begreiflicherweise in höchstem Grade giftig, darum: Attenzione! Pericolo di morte – Todesgefahr.

Der kleine tapfere Fiat 500 kletterte in das nächste Bergdorf; die neue canzonetta schluchzte von den ausgedörrten Hängen in die verwaisten Täler, und die amtliche Stimme verkündete noch triumphatorischer die giftige Allianz aller sizilianischen Bauern.

Wir, meine Freundin und ich, kauften also ein größeres Stück Fleisch ein, auch ein Paket Spaghetti mehr und in Palermo auf der via Maqueda eine Stange Zigaretten. Alles andere gab es auf unserer Plantage; und wenn der padrone morgen nicht herauskommen konnte wegen des giftfauchenden Helikopters, und auch nicht der fittaiolo, der Pachtbauer, nun: Wir hatten immer die Erlaubnis, von den Orangen, Mispeln, Trauben, Tomaten, dem Knoblauch, den Pflaumen, dem Salat so viel zu essen, wie wir wollten und konnten.

Wir holten auch am Abend vor dem Ereignis statt zwei Flaschen unser Weinfäßchen aus dem Keller und verstopften alle Tür- und Fensterritzen, als gelte es der Pest. Wir betrachteten noch einmal die Bougainvillea, hinter der das Landarbeiterhäuschen, das wir damals bewohnten, verschwand, und die Rosen, die trotz aller Käfer, Milben, Spinnen herrlich gediehen, aßen unsere Minestra und gingen seelenruhig schlafen. Der historische Helikopter konnte kommen: Wir waren gerüstet.

Am anderen Morgen frühstückten wir im Halbdunkel, denn die elektrischen Birnen brannten nur noch gedämpft, und sahen ab und zu auf die Uhr: acht Uhr fünfzehn, neun Uhr, zehn, elf, zwölf – doch der kollektive Helikopter aller Insektenfeinde Siziliens kam nicht. Wir versorgten uns mit Lektüre, lasen uns erst aus Fontanes »Stechlin« vor – einem Buch von glücklicherweise vierhundert Seiten –, der Helikopter kam nicht. Wir gingen, ohne Talent an diesem Tag für Fontane, zu Kriminalromanen über, Dashiell Hammett und Simenon. Der Helikopter kam nicht, und wir fanden heraus, daß unser Geschmack, wenigstens was Kriminalromane anging, immer weiter auseinanderklaffte, und lasen jetzt jeder stumm vor sich hin: der eine »Bluternte«, der andere »Im Falle eines Unfalls«. Der Helikopter kam nicht. Er kam nicht um zwölf, er kam auch nicht nachmittags um fünf Uhr.

Wir zapften schon früh unser Fäßchen an, zu früh, und versuchten es mit Lyrik, gemeinsam nun wieder. Doch meine Freundin konnte viel mehr

Gedichte auswendig als ich; merkwürdigerweise trug sie aber nur englische Gedichte vor, Gedichte, die ich früher nie von ihr gehört hatte. Sie behauptete auf Biegen und Brechen, sie seien von Shakespeare und den Beatles, was ich zu ihrem Ärger anzweifelte. Ich rezitierte Paul Verlaine; aber ich, blamabel genug, hatte nur drei Gedichte von ihm im Kopf und die auch nur, wenn sie mir weiterhalf. Sie half aber nicht weiter und rezitierte lange aus dem »Macbeth«. Ich schwor mir, aus Deutschland gleich morgen alle wichtigen Anthologien zu bestellen und mich außerdem endlich wieder selbst der Lyrik zu widmen.

Der Helikopter kam nicht. Er kam überhaupt nicht an diesem Tag; und auch nicht am nächsten. Wir hatten wechselseitig den Eindruck, daß der andere ständig betrunken sei und immer enigmatischere Lyrik rezitiere. Ich verschloß mich in meinem Zimmer und kehrte zu alten, zerlesenen Simenons zurück, weil ich jetzt in keinem Fall mehr wußte, wen Maigret am Schluß mit väterlichem Verständnis zu Vater Philipp bringen würde.

Dann verspürten wir Hunger, hundsgemeinen Hunger, und stellten fest, daß unsere erwünschtesten Lebensmittel draußen an den Bäumen hingen, in unserem temporär verbotenen Paradies.

Wir öffneten vorsichtig die Tür und schielten, spähten, schnüffelten hinaus. Kein Mensch zu sehen! Weit und breit kein Mensch und kein Vieh. Aber unten an der Küste, in Cefalù, hörten wir ein Auto hupen. Wir hielten Rat, wie in unserer Situation Vernunft zu definieren sei, bekamen mehr Hunger, einen regulären Wolfshunger, und schließlich erneut Durst. Unser Fäßchen war geleert – was sind schon fünf Liter Wein während eines drohenden Luftangriffs –, und wir kamen nach ebenso zähen wie scharfsinnigen Diskussionen zu dem Entschluß, in das erste Geschäft an der Landstraße zu rennen, anderthalb Kilometer schließlich nur, und kühn den brotnötigen Einkaufsversuch zu wagen.

Es gab wenig Schwierigkeiten bei diesem Ausbruch, ja, beschämend fast: es gab gar keine. Der Kramladen hatte wie alle Tage geöffnet. Wir bekamen, was wir wünschten, und erfuhren nebenbei, daß der Helikopter erst morgen kommen werde. Endgültig. Die Terminverschiebung war in den Städten und Dörfern bekanntgegeben worden, aber nicht zu unserer Plantage durchgedrungen, wahrscheinlich weil meine Freundin in genau diesen Minuten ihr Glanzstück, einen Hexenchor aus dem »Macbeth«, deklamiert hatte:

»Where hast thou been, Sister?«

»Killing swine.«

»Sister, where thou?«

»A sailor's wife had chestnuts in her lap, and mounch'd, and mounch'd, and mounch'd: ›Give me‹, quoth I. ›Aroynt thee, witch!‹ the rump-fed ronyon cries. Her husband's to Aleppo gone, master o'th' Tiger: But in a sieve I'll thither sail, And like a rat without a tail: I'll do, I'll do, and I'll do.«

Wir kehrten vollbepackt in unser vorschriftsmäßig abgedichtetes Landarbeiterhäuschen zurück. Zum Glück vollgepackt; denn der gemeinnützige Helikopter kam auch am nächsten Tag nicht und nicht am übernächsten. Dann endlich dämmerte uns wieder, daß »domani« ahnungslos Lernwilligen der an Wundern so reichen italienischen Sprache von jedem Sprachführer zwar skrupellos als die analoge Vokabel für das deutsche Wort »morgen« beigebracht wird, in Wirklichkeit aber ein Synonym für »irgendwann« ist und manchmal auch für »wahrscheinlich nie«. Nach dieser erleuchtenden Einsicht rissen wir Fenster und Türen auf, holten tief Luft, brachten den Müll der drei Fontane-Krimi-Lyrik-Tage in die dafür vorgesehene Schlucht und gingen spazieren – auf die nach Thymian, Minze und Tamarisken duftenden Hügel der Madonie, um endlich wieder das Meer zu sehen.

Und in diesem Augenblick kam der Helikopter.

Wir hörten ihn knurren, surren und schließlich rattern, noch immer ohne ihn zu sichten. Doch aus heiterem Himmel bog er um eine Bergnase und stand geradewegs über uns still – wir konnten die empörten Gesichter des Piloten und seines Kollegen sehen. Und dann ging das Rieseninsekt wütend herunter, ging auf die Gesetzesbrecher los und fauchte, blies eine volle Ladung seines Giftes über uns, eine Ladung, die, erstaunlich genau, fast ausschließlich mich traf, ganz gewiß auch nur mich treffen sollte, nicht die signora. Ich war schließlich der Mann – und trug damit auch die Verantwortung in diesem noch fast ungehemmt patriarchalischen Land.

Das Gift war grünlich blau, türkisfarben; wahrscheinlich kaum etwas bedeutend anderes als das Kupfersulfat der Winzer. Ich sah im Nu aus, als hätte ich auf der Stelle, in diesen Angstsekunden, von Kopf bis Fuß Grünspan angesetzt.

Der Helikopter grollte noch einmal über uns, der Pilot grinste befriedigt hämisch; dann flog er weiter, in Richtung Lascari, und verfolgte Insekten.

Einen Augenblick waren wir steif vor Schrecken. Dann rannten wir, so lange uns noch Atem dazu blieb, den Hügel hinauf. Da lag ein einzelner Berghof.

Auch hier waren alle Fenster und Türen verstopft und verriegelt; aber wir klopften, hämmerten so lange mit den Fäusten gegen die Läden, bis uns ein Mensch, ein Mann, der um seinen Kopf ein altes schwarzes Hemd gewickelt hatte, die Haustür einen Spalt breit öffnete – uns entsetzt anstarrte und auf der Stelle wieder hinter die dicken Mauern flüchtete, die Tür aber immerhin nicht vor uns absperrte, uns also Einlaß, Zuflucht gewährte.

In der Bauernküche saß die ganze Familie – unterm Tisch, über den ein Bettlaken gebreitet war, das bis auf den Fußboden herabhing. Wir setzten uns auf zwei der niedrigen Stühle an der Wand, und ich begann, mir mit meinem Taschentuch, so gut es ging, das grünliche Gift wenigstens vom Gesicht abzuwischen.

Der Helikopter kehrte noch einmal um und knatterte kritisch über das Gehöft; dann war weit und breit nichts mehr zu hören, nur die Atemzüge, die Seufzer und die Gebete unter dem Laken.

Es dauerte lange, für uns sehr lange, bis der Bauer unter dem Tisch einen Zipfel aufhob, seinen Kopf aus dem zerrissenen Hemd wickelte und ohne eine Miene zu verziehen, ohne mit der Wimper zu zucken, der Schuft, zu mir sagte:
- Signore, in keinem anderen Land der Welt stirbt es sich so leicht wie in Sizilien! Was für ein Glück – beim Herzen der Madonna.

Er schlüpfte sofort wieder unter das weiße Laken. Ich starrte hinter ihm her, vom Donner gerührt, und dann sah ich mein Taschentuch: Es war voll großer Löcher, die das grünliche Gift hineingefressen hatte. Ich merkte, wie mir übel wurde, wie mein Atem rascher flog und flacher, dachte: »Hier also und jetzt!«, und sah meine Freundin an, die ihre langen Haare ausschüttelte. Sie hatte das Sizilianisch des Bauern nicht verstanden, und ich übersetzte ihr kein einziges Wort, konnte es auch gar nicht. Meine Kehle war zu.

Die Familie, es waren acht Menschen, kroch jetzt einer nach dem anderen unter dem Tisch hervor und fing plötzlich, rasch und fast gewalttätig an, mich mit vielen Händen auszuziehen bis auf die mutandine, die Slips, mich abzuwaschen und mir ein Getränk aus Wein, Öl und Limone einzuflößen. Ich zeigte meiner Freundin das von Gift zerfressene und durchlöcherte Taschentuch und hörte

sie wie aus einer anderen Welt ungerührt zu mir sagen:
- Die Löcher waren schon immer drin. Ich habe längst gehofft, du wirfst es endlich weg und benutzt Papiertaschentücher wie ich.

Und plötzlich mußte ich lachen, hysterisch lachen, und trank noch einen halben Liter von dem außerordentlichen Getränk, von dem der Bauer steif und fest beteuerte, kein Medikament der Welt wirke so todsicher gegen eine Vergiftung. Er habe mit seiner Hilfe den Biß der Sandviper überlebt und sogar einen Blitzschlag.

Die Familie hörte endlich auf, mich wieder von neuem abzuwaschen, gleichfalls mit Wein, Limonen und Öl, und wickelte mich in das Bettlaken ein.

Der Bauer öffnete die Tür und winkte mir: Unten, am Saum der Madonie, leuchtete das Meer.

Am folgenden Tag kaufte ich mir auf dem Markt von Collesano drei neue Taschentücher, riesige blaue Bauerntaschentücher.

Als ich im nächsten Jahr nach dem kollektiven Helikopter fragte, zeigte mir mein padrone nur seine alte, grün gesprenkelte Spritze und sagte zornig:
- Wir brauchen dieses höllische Monstrum da oben zwischen Himmel und Erde nicht. Das gehört da nicht hin. Und hier unten – das bringen wir in Ordnung. Wir! Jeder Sizilianer für sich.

Ich zeigte auf die Insektenheere, die freß- und

zeugungsfreudig durch die Plantage schwirrten oder marschierten.

- Sollen sie doch, knurrte er. Sie sind schon ein paar Millionen Jahre länger auf dieser Insel als Sie und ich.

Lucky

Er hieß Luigi. Ein campagnuolo, einer der Landarbeiter der schmalen Plantage, auf der ich wohnte. Doch alle riefen ihn nur Lucky, selbst seine Frau. Die Amerikaner hatten ihn Lucky genannt, als sie im Juli 1943 bei Licata und Gela landeten, den zwölfjährigen Jungen auf den vordersten Panzer ihrer 7. Armee setzten und Sizilien nicht zuletzt mit Hilfe einiger Alliierter sizilianischer Abstammung, die bisher in amerikanischen Gefängnissen eingesessen hatten, fast kampflos eroberten. Aus Luigi war Lucky geworden auf dem Triumphzug quer durch die Insel; und dabei ist es auch geblieben, als die Amerikaner den Jungen in Messina von dem siegreichen Panzer hoben und, mit der 8. Britischen Armee vereint, nach Reggio Calabria übersetzten.

Ich kannte Lucky vom ersten Abend an, als ich 1966 recht zufällig auf die Plantage geriet und dablieb. Er zog von weitem seine blaue Leinenmütze, wenn ich vorbeikam, richtete sich zwischen seinen Rebstöcken, Tomaten, Zucchini, Brokkoli und Kakipflaumen auf, zeigte lächelnd auf den wie eine Schlange gezeichneten Schlauch, aus dem das kostbare Wasser quoll, mit dem er jeden Tag, außer wenn Regen fiel, mühevoll und geduldig die Plantage bewässerte, und arbeitete sofort weiter, gebückt und zäh. Manchmal sang er dabei, aber immer nur den Anfang einer canzone. Dann brummelte er nur noch und schloß mit einem Refrain, der für ihn und die mit elendem Ergebnis sich abrackernde Mehrheit der Sizilianer in allen canzoni und allen Situationen Gültigkeit hat: porca miseria, Sauelend.

Nur dreimal hatte er mich bisher angesprochen und mich gefragt: Ob ich mit Rommel in Afrika gekämpft hätte? Wann die deutschen Ingenieure endlich eine Brücke über die Meerenge von Messina bauten? Und wie man die Lira zum Hecken, das miracolo economico, das Wirtschaftswunder, auch nach Sizilien bringen könne?

Da ich ihm auf alle drei Fragen leider keine befriedigende Antwort geben konnte, stellte er seine Gespräche mit mir wieder ein, grüßte nur aus der Ferne und betrachtete mich nachdenklich und enttäuscht. Sein Bild, das er sich von einem Deutschen gemacht hatte, war offensichtlich brüchig und trüb geworden. Morgens, vor Tau und Tag, wenn ich noch schlief, legte er aber manchmal eine Wassermelone, ein paar reife Orangen, einen Strauß Rosen vor meine Tür.

Am Tag, als der Helikopter so eindrucksvoll sein Gift verspritzt hatte und auf Nimmerwiedersehen abgeschwirrt war, traf ich Lucky, als ich vom Meer heimkam, wie er in der Plantage mit gerunzelten

Augenbrauen über einer Ameisenstraße hockte und den langen Marsch des leichten Fußvolks verfolgte.

- Sehen Sie sich das an! rief er gekränkt, aber nicht ohne Hochachtung. Da haben wir nun aus Palermo diesen teuren, giftigen Helikopter kommen lassen – das erste Mal, seit Sizilien aus dem Meer aufgetaucht ist, und das war noch lange vor Kaiser Federico II. Aber diese kleinen Bestien stört das nicht im geringsten. Ich habe keine einzige tote Ameise gefunden. Die marschieren dreist und gottlos weiter, und ich muß wieder Petroleum und Salz um die Mauersockel, auf die Fensterbänke und die Türschwellen schütten, wenn ich sie nicht im Brot haben will.

Die Ameisen zogen in der Tat unbeeindruckt von dem historischen Ereignis, dem Helikopter und seinem gemeinnützigen Gift, quer durch die Plantage ihres Wegs.

- Wußten Sie nicht, daß Ameisen ein Löwenherz haben? fragte ich Lucky.

Er schielte aus seiner Hocke langsam zu mir hoch, zog die dicht wuchernden Brauen noch enger zusammen und fragte verblüfft:

- Was sagen Sie da?

- Ja, Ameisen haben ein Löwenherz.

Langsam trat ein Lächeln auf sein mageres, angespanntes Gesicht, breitete sich darauf aus, von den dunklen Augen, in denen es blitzte, bis zu den vor Überraschung und Vergnügen nun zuckenden Mundwinkeln.

- Aì, aì! rief er aufstrahlend und erhob sich: Fantasia, fantasia siciliana!

Er fuhr sich rasch mit dem Nagel seines linken Daumens von oben nach unten über die unrasierte Backe, sprang mit einem scharfen Freudenschrei in die Luft und tanzte kurz eine Tarantella. Dann umarmte er mich, küßte mich einmal rechts, einmal links.

Ich hatte meinen ersten Freund in Sizilien gewonnen.

Er ist mein Freund geblieben. Per tutta la vita, wie er mir zu jedem Jahreswechsel durch seine Tochter nach Deutschland schreiben läßt: Mein Leben lang.

Nachtzug

Im D-Zug von Stuttgart nach Mailand-Rom-Neapel und weiter nach Palermo oder nach Catania und Syrakus saß ich einmal lange Stunden allein mit einer alten sizilianischen Bäuerin in einem Abteil erster Klasse. Im Gepäcknetz über ihrem Kopf lag ein kleiner, abgeschabter Leinenkoffer, und neben ihr, unter ihrem rechten Ellenbogen, stand eine schwarze Tasche mit einem Nickelbügel und nachgenähten Henkeln.

Ich wollte auf dieser Reise nach Sizilien arbeiten, Korrektur lesen in meinem Roman »Stilleben mit Schlangen«; deshalb hatte ich bald ein ruhiges Abteil gesucht und für die erste Klasse nachgelöst. In den frühen Stunden, während wir durch den Hegau und die Schweiz fuhren, hatte ich die alte Frau nicht ein einziges Mal aufmerksam angesehen. Es war die Stille, die von ihr ausging, was mich später, selbstverborgen zunächst, immer häufiger zu ihr hinüberblicken ließ, in ihre Ecke neben der Abteiltür, und mich allmählich wißbegierig, schließlich aber unruhig machte.

Die alte Frau saß da in ihren schwarzen Kleidern, vornübergesunken, die großen, abgearbeiteten

Hände auf den Knien gekreuzt, den Rücken darüber gerundet, das Gesicht mit den wasserhellen Augen gesenkt. Sie bewegte sich überhaupt nicht, rührte kein Glied, sah nicht einmal aus dem Fenster, aß und trank auch nichts. Sie murmelte nur immerwährend vor sich hin. Murmelte? Ihr Mund blieb vollkommen lautlos, und doch bewegte sie die eingefallenen Lippen. Mitunter schloß sie die Augen, öffnete sie sogleich wieder weit, ganz weit, nahm aber offenbar weder die Landschaft, noch das Abteil, noch mich überhaupt wahr. Ich bot ihr einen Apfel an; sie schüttelte nur, fast unmerklich, den Kopf unter ihrem schwarzen, langen Tuch. Ich bot ihr einen Becher Mineralwasser an. Sie sagte gar nichts, sah nur weg, ausdruckslos an mir vorbei.

- Wohin fahren Sie? fragte ich sie am Nachmittag hinter einem der vielen Tunnel.

- Sicilia.

- Wollen Sie wirklich gar nichts essen, trinken?

- Wo sind wir? fragte sie.

- In Zürich, Zurigo.

Es sagte ihr nichts. Sie schloß die Augen, dieses Mal länger, hörte aber nicht auf, lautlos vor sich hin zu murmeln.

Ich arbeitete weiter an meinem Roman und sah sie erst wieder an, als ich ein Stöhnen, ein sehr leises Stöhnen, aus ihrer Ecke hörte. Sie hatte ihr schwarzes Stricktuch tiefer über den Kopf gezogen, und ich konnte ihr Gesicht nun nicht mehr erkennen. Aber sie preßte die Hände auf den gedunsenen

Leib, und dann drang wieder das versteckte Wimmern hinter ihrem Umschlagtuch hervor.

- Ist Ihnen nicht gut? fragte ich.

Sie antwortete nicht.

- Kann ich Ihnen etwas aus dem Speisewagen holen, ein belegtes Brot?

- Un espresso, per cortesia, sagte sie, ohne das schwarze Tuch zurückzuschlagen.

Aber es gab in diesem Zug keinen Speisewagen, auch keine Mini-Bar, sie waren ausgefallen, und erst in Chiasso trieb ich einen Espresso auf für die alte Sizilianerin, die wortlos den Grenzbeamten ihren italienischen Paß vorzeigte.

- Grazie mille, sagte sie, schlug das Tuch zurück und kramte in ihrer Bügeltasche.

- Lassen Sie bitte, sagte ich, aber sie drückte mir ein Hundertlirestück in die Hand, nahm es noch einmal zurück und zeigte mir das Münzbild. Es war das Porträt Johannes des XXIII. Einen Augenblick schien sie aufzuleuchten. Dann trank sie langsam und schlürfend aus der Papptasse ihren Espresso.

Ich korrigierte meinen Roman weiter, wurde von Reise und Arbeit langsam müde und schlief kurz ein. Als ich die Augen wieder aufmachte und ein paar Sekunden nicht wußte, wo ich war, sah ich, daß die alte Bäuerin noch immer so in ihrer Ecke an der Abteiltür saß, wie sie seit Stuttgart dagesessen hatte: bewegungslos über sich gebeugt und dunkel; mit jetzt wieder weit offenen Augen. Nur ihre Lippen mit den vielen senkrechten Fältchen bewegten sich unaufhörlich weiter. Sie

erzählten der Frau eine Geschichte, die ich nicht zu hören verstand.
- Wir sind in Milano, sagte ich und deutete in die schimmernde Dunkelheit.

Sie sah nicht hinaus.
- Bis wohin wollen Sie heute noch fahren?
- Sicilia.
- Wollen Sie nicht Station machen, in Florenz vielleicht... oder einen Platz im Liegewagen nehmen, schlafen?
- Sant' Agata di Militello, sagte sie. Dann Autobus.
- Aber das sind noch siebzehn Stunden! rief ich. Sogar mehr als siebzehn Stunden. Ohne die Verspätung.

Die Frau schwieg und fächelte sich mit ihrer Tasche Luft zu.

Ich holte ihr in Mailand noch einen Espresso und fragte:
- Waren Sie lange in Deutschland?
- Zwölf Jahre. Stoccarda, sagte sie.
- Haben Sie dort nicht ein wenig Deutsch gelernt?

Sie schüttelte den Kopf und zog sich wieder hinter ihr schwarzes Tuch zurück.

Ich ging hinaus auf den Flur und steckte mir eine Zigarette an. Da öffnete die Frau die Abteiltür und sagte:
- Bitte hier.
- Wir sitzen in einem Nichtraucherabteil.

Sie verstand augenscheinlich nicht, was ich damit sagen wollte, und ich zeigte ihr die durchkreuzte Zigarette auf dem Schiebefenster.

- Bitte hier, wiederholte sie, und einen Moment glaubte ich, die alte Frau lächele mir zu. Gewiß hatte ich mich getäuscht; dieser Mund konnte wohl nicht mehr lächeln.

Ich dankte ihr, setzte mich wieder ans Fenster, rauchte und fragte:

- Haben Sie Kinder in Stuttgart?

- Einen Sohn.

Sie sah weg, aus dem Fenster, und dann sagte sie plötzlich heftig:

- Keine guten Leute!

- Wer? Die Leute in Stuttgart?

- Ich weiß nicht. Aber er, der Sohn, hat schlechte Freunde. Schlechte Freunde! wiederholte sie noch einmal zornig.

- Deutsche?

- Auch.

Sie griff in ihre schwarze Bügeltasche, holte den Fahrausweis und einen Reisewecker heraus, der teuer gewesen sein mußte, und sagte hart:

- Geschenke. Hat der Sohn mir gegeben. Auch die Fahrkarte. Mehr noch.

Sie deutete auf den kleinen Leinenkoffer und sprach mit mir weiter ihr kindisches Italienisch für Fremde.

- Alles. Aber nicht gut. Schlechte Freunde.

Ich fragte:

- Wie heißt Ihr Sohn?

Sie antwortete mir nicht und sah aus dem Fenster, in die Nacht.

Ich überlegte, ob ich sie fragen sollte, in welche

Gesellschaft ihr Sohn geraten sei, ließ es und fragte:
- Haben Sie noch Familie in Ihrem Dorf?
- Nein, sagte sie. Alle emigriert; oder tot. Armes Dorf. Dorf auch tot.

Sie zählte an ihren Fingern auf, wer alles emigriert war oder verstorben: ihr Mann, ihre fünf anderen Kinder, ihre Eltern, ihre Großeltern, ihre Brüder, ihre Schwester – die Finger reichten nicht aus.
- Aber Sie haben noch ein Haus in Ihrem Dorf?
- Kein Haus, sagte sie. Alles verkauft. Vor zwölf Jahren. Das Geld Sohn gegeben. In Stoccarda. Kein Haus. Sie kennen mein Dorf?

Die Frau nannte den Namen eines Orts in den nebrodischen Bergen, hinter S. Fratello, und ich sagte:
- Nein.

Sie sah wieder aus dem Fenster. Ich drückte meine Zigarette aus und richtete mich in der Abteilecke zum Schlafen ein.
- Rauchen Sie nur, sagte sie. Mein Mann hat viel geraucht.

Ein leichtes Lächeln flirrte um ihren Mund, und sie bog ihre steifen Finger und zeigte mir, wie geschickt ihr Mann seine Zigaretten selbst gedreht hatte. Diese Bewegung wiederholte sie mehrere Male.
- Dreiundachtzig, sagte sie und deutete auf ihre Brust.
- Sie?
- Ja, dreiundachtzig.

Ich wußte nicht, was ich ihr darauf antworten sollte, und sah hinaus auf das Meer, das hinter den Galerien hoch gegen die Felsen schäumte, kurz aufleuchtete und in die Dunkelheit zurückfiel.

Die sizilianische Bäuerin saß reglos in ihrer Ecke, und ich fragte sie:

- Warum machen Sie die lange, anstrengende Reise, wenn Sie doch niemanden mehr in Ihrem Dorf haben?

Sie hatte meine Frage sofort verstanden, aber sie wandte sich doch zu mir hin und sah mich prüfend an, verwundert darüber, daß ich ihr diese Frage stellte.

- Signore, antwortete sie, per morire, um zu sterben. Niemanden? Da habe ich meine Toten. Meine Familie. Meine Schulfreundinnen. In der Erde Siziliens.

In Rom Tiburtina stiegen nachts um eins viele Reisende in den Süden zu, schläfrige und auch sehr laute Fahrgäste. Die alte Frau schlug ihr schwarzes Tuch enger um sich, und ich sah ihr Gesicht erst fünfzehn Stunden später wieder, am Nachmittag, als ich ihr in Sant' Agata di Militello aus dem Zug half.

- Grazie mille, murmelte sie erschöpft und drehte sich nicht nach mir um.

Als der Zug weiterfuhr, nach Cefalù, Termini Imerese und Palermo, sah ich sie neben ihrem Leinenköfferchen auf dem wieder leeren, heißen Bahnsteig stehen und sich die Schuhriemen binden.

Der Mittelpunkt der Erde

Puntarù, so will ich einen Ort im Westen der Insel nennen, im Nordwesten, ist wahrhaftig keine der herrlichsten oder durch andere Vorzüge namhaften Stätten Siziliens. Es liegt an einem flachen Hang, der zum selbstherrlichen Golf von Castellammare abfällt; aber seine Gassen laufen nicht zu einem hellen Sandstrand hin, sondern enden in schroffen, dunklen Felsen. Die Sonne hat erbarmungslos den gelblichen Verputz der Häuser in großen Placken abgesprengt; und die Einwohner, die Menschen, stehen stumm und lauernd im Schatten der räudigen Mauern, als herrsche hier seit langer Zeit eine Seuche.

Die Seuche heißt Armut. Das Hinterland ringsum ist hier ausgedörrt. Eine Fabrik, die von der Regierung in Rom seit Jahren versprochen wird, kommt und kommt nicht; und die Touristen haben niemals hergefunden. Was sollten sie hier auch suchen, finden?

Der Wein wächst, ist gut; aber niemand will ihn kaufen. Er läßt sich schlecht transportieren, schlägt rasch um, und es gibt viel zu viel Wein in diesem Land. In besonders fruchtbaren Jahren wird er ins

Meer geschüttet, »damit wenigstens die Fische fröhlich sein und singen können«.

Die einzige asphaltierte Straße läuft im Kreis um Puntarù, kreuzt sich selbst und endet, nach einer vollkommenen Acht, mitten auf einer großen, stinkenden Müllhalde. Ein groteskes Irrwerk. »Die ehrenwerte Gesellschaft« hat es so gewollt, und die angesehenen Firmen der »Freunde der Freunde« profitieren davon, die in Castellammare, in Palermo, in Rom.

Die einzige Bar, die wir im Ort fanden, paßte ins Bild:

Eine Bretterbude, die an ein schmales, gelbsüchtiges Haus geklebt war und neben der eine einsame Benzinsäule stand.

Die Bar hieß »Zum Walfisch«. Auf den Regalen hinter der Theke standen nur drei, vier Flaschen mit farbenfreudigen Likören und hing ein Plakat, das die Insel Java zeigte und junge Männer für die italienische Marine anwerben sollte. Wahrscheinlich war Puntarù früher ein Fischerdorf mit einer mattanza del tonno gewesen, diesem brutalen und religiösen Schlachtfest, bevor die großen Thunfischschwärme im Schmutz des Mittelmeers verschwanden oder den japanischen Fischern ins Netz gingen.

Wir saßen an einem der drei nackten Holztische und sprachen über das heiße Elend dieses todkranken Ortes und über das absurde Stück Autobahn, das nur zu sich selbst führt.

- Mafia? fragte der deutsche Freund, mit dem ich

hierhergekommen war und der zwar Italien, aber nicht Sizilien kannte.

Der dürre, zittrige Wirt hinter der Theke, der bisher über seiner rosafarbenen »Gazzetta dello Sport« gedöst hatte, sah auf, pfeilschnell und verstohlen. Dann blätterte er, harmlos lächelnd, die nächste Seite seiner Sportzeitung um.

Ich antwortete nichts auf diese Frage, auch nicht durch eine Geste, sondern sagte auf italienisch zu meinem Freund:

- Ich glaube, wir müssen noch tanken, bevor wir nach Taormina zurückfahren. Es dämmert schon, und die Dämmerung ist hier nur kurz.

- Wieso nach Taormina, willst du denn heute nach Taormina?

Der Wirt ging erleichtert hinaus zur Benzinsäule und schraubte den Tank unseres Wagens auf. Mein Freund blieb bei seiner Mandelmilch sitzen und ärgerte sich über die sizilianischen Vexierrätsel. Ich folgte dem dürren Mann und sah zu, wie seine Hände zitterten, aber keinen Tropfen Benzin verschütteten.

- Sie sind Deutscher? fragte er.

- Ja. Sind Sie aus Puntarù?

- Ja, aber ich war in Köln. In Dortmund. In Hannover. In Bremen. Kennen Sie Bremen?

- Ja, ziemlich gut.

- Aber Sie stammen nicht aus Bremen. Sie sprechen anders.

- Nein, ich stamme nicht aus Bremen.

- Eine Hansestadt! Er gebrauchte das deutsche

Wort. Ich war auch in Belgien und in Amerika. In Argentinien und in den Staaten, Cincinnati, Ohio. Dreißig Jahre, fast dreißig Jahre.

- Ja? sagte ich nur und betrachtete das handgemalte Wirtshausschild mit dem blasenden Walfisch.

- Das Bild gefällt mir.

- Ich war auch einmal in Norwegen, sagte er, ohne aufzusehen. Ich bin auf einem Walfänger gefahren.

Er war fertig und hängte den Benzinschlauch an die Säule. Ich ging mit ihm zurück in seine Bar. Er goß Wein in drei kleine Gläser.

- Nur ein paar Tropfen aus dieser Erde.

Wir tranken uns zu.

- Ich habe einige schöne Kanten unseres blutigen Planeten gesehen, sagte er. Aber wissen Sie, was der Mittelpunkt dieser Erde ist?

Ich wollte ihm nicht zuvorkommen und blickte ihn fragend an.

- Sicilia, sagte er.

Er sah mir melancholisch und stolz in die Augen, und ich nickte ihm zu. Er legte seine zitternde Hand auf meinen Arm und fragte:

- Und wissen Sie, was der Mittelpunkt, das Herz Siziliens ist?

Ich schwieg lange genug.

- Puntarù.

- Ich glaube, daß ich Sie verstehe.

- Puntarù! wiederholte er in einem seltsam knurrig balzenden Ton, drückte meinen Arm und sah mich mit schwerem Ernst an.

Als ich bezahlen wollte, rechnete er das Benzin

auf Heller und Pfennig ab, auch die Mandelmilch; aber für den Wein wollte er nichts nehmen.

- Signori! sagte er feierlich, tat entrüstet und hob die Hände. Es ist mir immer eine Ehre, mich mit einem gebildeten Menschen, der die Welt kennengelernt und sein Urteil hat, unterhalten zu können.

Er kam auf die Schwelle seiner Bar, als wir in unseren 2 CV stiegen. Ich sah ihn in der Tür stehen, muskulös und zittrig, mit seinem kleinen Strohhut und dem olivgrünen Unterhemd, und sah über ihm an seiner Bretterbude das handgemalte Wirtshausschild mit dem blasenden Wal.

- »Zum Walfisch«, ein schöner Name! rief ich ihm zu.

Er kam lächelnd an das Wagenfenster und beugte sich zu uns herunter.

- Ich verehre dieses Tier, sagte er. Es ist wie Sizilien: durch alle Jahrhunderte verfolgt und ausgeschlachtet – aber es behält seine Größe.

Ein lohnender Umweg

Fortunato. Ein Taxifahrer in Palermo. Sein Standplatz war auf dem viale della Libertà, in der Nähe des Büros der Alitalia. Da wartete er mit seinem weißen Fiat 1500, las fuderweise fumetti, bunte Heftchen mit Bilderepen, kalberte mit seinen Kollegen, rauchte geschmuggelte amerikanische Zigaretten und sah hinter den Touristinnen her, vor allem, wenn sie langbeinig und blond waren und eher wie halbwüchsige Jungen durch die Straßen Palermos schlenderten, die Handtaschen oder Matchbeutel viel zu lässig am Arm. Ein ruhiger junger Mann, dieser Fortunato in seiner dunkelblauen Livree, die makellos gepflegt war, immer wie nadelneu und fast englisch solide wirkte.

Fortunato hatte mich schon öfter gefahren, das erste Mal vom deutschen Konsulat in der via Quintino Sella zum Hauptbahnhof; und immer fuhr er den kürzesten Weg, glitt er zügig und gelassen durch den cholerischen Verkehr dieser Stadt. Durch einen Tumult, den keine Straßenverkehrsordnung, den nur das geheimnisvolle System der sizilianischen Körpersprache durch blitzschnelle, dem Fremden kaum erkennbare Augen-, Mund-,

Schulter- und Fingerzeichen, durch unsichtbare Außenorgane am stündlichen Zusammenbruch hindert.

Fortunato spielte nicht annähernd so oft mit der Hupe wie seine Konkurrenten. Er fragte höflich, ob ich das Seitenfenster lieber offen oder geschlossen haben wollte, rauchte nur, wenn auch ich rauchte, und hatte sogar Wechselgeld, diese geheimnisvoll raren Münzen, hundert Lire, fünfzig Lire. Er fischte sie ohne Stocken aus einem sauberen Lederbeutelchen, sobald ich meine Fahrt bezahlte. Kurzum: ein idealer und korrekter, ein angenehmer Taxifahrer in Palermo.

Um so mehr war ich befremdet, ja ernstlich enttäuscht, als er eines Samstag morgens – ich wollte von der via Emanuele Notarbartolo zum Hafen – anfing, mich kreuz und quer durch die Stadt zu fahren, in der Nähe der piazza S. Francesco di Paola anscheinend selbst die Orientierung verlor und am Justizpalast wendete.

- Hören Sie, Fortunato! murrte ich endlich, ich kenne mich allmählich ein wenig in Palermo aus: Es ist nicht gerade die preisgünstigste Route, die Sie mich fahren!

Fortunato straffte das Kinn und stellte sofort den Taxameter ab.

- Wirklich verfranzt? fragte ich.

Er antwortete sehr höflich und ein wenig verletzt:

- Nein. Ich wollte Ihnen nur etwas zeigen, über das Sie sich vielleicht gefreut hätten. Aber Sie sehen ja, hier im quartiere wird ein neues Kanalsystem gebaut. Fahren wir also jetzt auf dem schnellsten Weg zum Hafen. Ihr Schiff nach Neapel legt erst um zehn ab. Ankunft neunzehn Uhr fünfzehn.

- Gut. Meinetwegen zeigen Sie mir noch, was Sie mir zeigen wollten, gab ich halbherzig nach.

Fortunato schwieg und schaltete den Taxameter nicht wieder ein; aber er fuhr auch nicht strackwegs zum Hafen. Allmählich wurde ich neugierig, was er mir vorführen wollte. Eine neue Ausgrabungsstelle? Ein Puppentheater, das ich noch nicht kannte? Irgendeine sizilianische Verrücktheit, für die sich seine ausländischen Fahrgäste enthusiasmierten? Einen besonderen schwarzen Markt mit meisterhaft gefälschten Antiquitäten? Drogen? Oder accompagnatrici, Begleiterinnen – für den Abend, die Reise, die Ferien am Meer?

An der Ecke des corso Alberto Amedeo hielt Fortunato plötzlich, doch sanft wie immer. Er zeigte in die Höhe, auf eine Hauswand.

- Eccola! sagte er mit herzlicher Freude.

Ich beugte mich aus dem Fenster. Auf dem Straßenschild über uns stand einfach und hell: VIA GOETHE.

Ich sah das Schild an, dachte an eine bestimmte Aufzeichnung, die ich noch kürzlich in der »Italienischen Reise« gelesen hatte, in dem Kapitel über Sizilien, Palermo, wandte mich zu Fortunato um und sagte:

- Danke. Sie haben mir wirklich eine Freude gemacht.

Er lächelte, bot mir eine Zigarette an und sagte voller Überzeugung:
- Ein großer deutscher Musiker!

Ich zögerte einen Augenblick und antwortete so beiläufig wie möglich:
- Ja. Wie Dante.

Fortunato starrte mich bestürzt an. Ich war in diesem Augenblick eine barbarische Enttäuschung für ihn.
- Aber signore, sagte er ein wenig steif, mir scheint, Dante ist ein Dichter gewesen.
- Ja. Goethe auch, erwiderte ich, ohne Fortunato dabei anzusehen.

Fortunato ließ den Motor an, wendete, schaltete den Taxameter wieder ein und fuhr rasch durch die via Volturno und die via Cavour auf den Hafen zu.
- Macht nichts! sagte er lachend. Da haben wir uns eben beide geirrt.

Die Nymphe Arethusa

Als wir im Frühsommer 1971 in Çefalù und in der Bucht von Settefrati die sizilianischen Szenen des Fernsehfilms »Anna und Totò« drehten, bekam Fortunato durch meine Vermittlung viel Arbeit. Er holte einige Leute unseres Teams vom Flugplatz Punta Raisi ab. Er fuhr Requisiten aus Palermo nach Cefalù. Unserem Aufnahmeleiter half er hoffen, in der via Busara auch seltene tunesische Briefmarken zu finden. Jemand hatte vergessen, die Gültigkeitsdauer seines Passes verlängern zu lassen und mußte zum Deutschen Konsulat gefahren werden. Unsere Regie-Assistentin brauchte dringend ein Medikament, das in Cefalù nicht zu haben war. Eine Lichtmaschine fiel aus – es gab in diesen zwei Wochen jeden Tag etwas für Fortunato zu tun, und er verdiente gut dabei.

Eine Stunde, nachdem das Team wieder abgeschwirrt und der ganze Fernsehspuk vorbei war, saßen Fortunato und ich vor einer Bar auf der via Dante und tranken einen genau richtig gekühlten Espresso.

Fortunato war noch wortarmer als sonst; er grübelte.

- Sammeln auch Sie seltene Briefmarken oder Münzen? fragte er mich nach dichtem Schweigen.
- Eine Münze aus dem alten Syrakus, mit der Nymphe Arethusa und den Delphinen, die um ihren Kopf spielen, die suche ich schon, seit ich in Sizilien bin.
- Die Nymphe Arethusa, wiederholte Fortunato und wurde bekümmert. Es tut mir leid, im Ernst, aber diese Münzen haben längst i ricchi, die Reichen, in der Hand. Kaufen Sie beim Blut der Madonna keine auf dem mercato delle pulci, dem Flohmarkt der piazza D. Peranni – sie sind allesamt gefälscht. Münzen aus der Zeit Mussolinis könnte ich Ihnen besorgen, echte.

Ich sagte ihm, daß ich kein Sammler sei, nur die Nymphe Arethusa, die gefalle mir von Jugend an, diese Dekadrachme fände ich sehr schön.

Fortunato schwieg immer melancholischer.
- Oder möchten Sie eine Wand von einem carrettino, einem Eselswagen, mit einem sehr schönen Gemälde: Salvatore Giuliano begegnet Kaiser Friedrich II.?

Er bestellte uns noch einen Eiskaffee.
- Fortunato, sagte ich, es ist schon gut. Ich verstehe, wie Sie es meinen, aber ich lebe am liebsten aus dem Koffer – und dahinein paßt ja weder Friedrich II. noch Salvatore Giuliano.
- Aber die Nymphe Arethusa?

Er lachte kurz, steckte sich die nächste Marlboro an und sah lange und nachdenklich auf die via Dante. Er war unzufrieden mit sich.

Plötzlich lief er in die Bar und zu einem Telefon. Er war aus seinem lähmenden Grübeln erwacht, sprach und gestikulierte lebhafter, schwungvoller, als ich ihn je gekannt hatte, hängte ein und kam verschlossen, aber sichtbar erleichtert zurück. An unserem weißen Eisentischchen blätterte er in seiner Brieftasche, fand eine Rechnung aus einem prominenten Hotel und beschrieb ernst die leere Rückseite. Ich sah weg. Fortunato nahm eine Briefmarke aus seinem Portemonnaie, faltete die Rechnung sorgfältig zusammen, die weiße Seite, auf die er jene paar Worte geschrieben hatte, nach innen, und verschloß sie.

- Ecco! sagte er und schob mir das Papier zu.
- Was ist das?
- Ein kleines Geschenk nur! Sie haben mir geholfen, ich möchte Ihnen eine Freude machen.
- Danke, Fortunato, das war nicht nötig, sagte ich schwerfällig; und er antwortete lächelnd:
- Öffnen Sie den kleinen Brief, wenn Sie einmal traurig und allein sind und der Wein Ihnen vielleicht nicht hilft.

Ich steckte den Brief ein, und Fortunato ließ mich zahlen.

Am Abend im Hotel, als ich wirklich allein in Palermo saß, erschöpft und zurückgeblieben nach der kurzen, heftigen Filmarbeit, fiel mir Fortunatos »Brief« ein, und ich öffnete ihn.

Fortunato hatte mir die Telefonnummer und Adresse einer Nymphe der Nacht notiert und darunter geschrieben:

- »Sieht der Arethusa sehr ähnlich! Augen und Lippen. Macht die Liebe wie im Himmel.

Grazie! Già tutto pagato. Fortunato – Danke! Schon alles bezahlt. Fortunato.«

Noch einmal Arethusa

Jeden Morgen, an dem es nicht regnete, und es regnete in diesem Jahr sieben Monate nicht, lief ich in der Frühe hinunter ans Meer, tauchte einmal ins Wasser und sammelte dann meine Gedanken. Ich ging schon gegen sieben Uhr. Es war noch kein Mensch sonst am Strand, und ich wanderte das Ufer entlang über den feuchten Sand, immer so, daß die auslaufenden Wogen mir die Füße, die Beine netzten, ehe die Wellen wieder heimfielen in die Flut.

Ich ging eine halbe Stunde den Strand entlang und kehrte um, hatte jetzt Cefalù nahe vor mir liegen, den nackten, dunklen Felskopf, der dem Ort seinen Namen gegeben hat, und sah die normannische Kathedrale am Fuß des Vorgebirges.

In den gepflasterten Gassen, den Treppen und auf dem corso Ruggero begann das Leben des Tages. Die Fischhändler schrien ihre frische Ware aus; von den Balkonen kamen an langen Seilen die Weidenkörbchen herab, das Geld lag abgezählt darin, und die Händler warfen rötliche und silbergraue Fische auf ein Zeitungsblatt und schwangen ihre Waagen. Dann stieg der Einkaufskorb wieder hinauf zum Balkon; aus der nächsten Bar kam jeden Morgen ein kleiner, ältlich aussehender Junge im gelben Overall der Tankstelle, zu der die Bar gehörte, und balancierte auf einem Tablett einen Espresso mit einer aufgeschnittenen brioscia, eine Eisschnitte dazwischen, zu einem Maurer auf dem Arbeitssteg des neuen Kinos gegenüber.

Aus der campagna brach der röchelnde, unerlöste Liebesschrei eines Esels, und der barone Cesare ritt über eine Treppe seine Stute an den Strand. Das Pferd trank nicht aus dem Meer, es wälzte sich nur wiehernd in dem trockenen Sand und schlug mit den Hufen in die Luft. Schaum stand vor seinen Nüstern. Der barone Cesare knüpfte das rote Taschentuch fester um seinen Kopf, bekreuzigte sich angesichts des Meeres und zündete seine erste Zigarre an.

Ich erinnerte, sah sie, diese täglich wiederkehrenden Szenen, auf meinem Morgengang, doch nur mit einem Nebenblick. In Wirklichkeit wandte ich die Augen nicht von der Schaumlinie des Meeres und dem geringen Strandgut, das die Flut auf den Sand und zwischen die Steine gespült hatte und zurückließ.

Vieles habe ich dort gefunden; vor allem, wenn das Meer in der Nacht schwere Träume hatte und die Tiefe sich emporwälzte und mehr auswarf als nur Muscheln, tote Fische, lebende Krebse und Schildkröten, Plastikbehälter und Teerklumpen; auch Absonderliches und Grausiges. Und einmal einen Wal, der durch die Straße von Gibraltar ins

Mittelmeer verschlagen worden war, strandete und tagelang hier, in Cefalù, starb. Niemand konnte ihm heim in sein Element helfen.

Doch eines fand ich niemals, und nur danach suchte ich doch: eine griechische Münze oder gar eine kleine Statue – nur einen Finger lang. Arethusa. Aphrodite. Oder die schwesterliche, die eulenäugige Athene.

Es war kindisch und sinnlos, in all den Jahren jeden Morgen wieder danach zu suchen; aber ich hörte immer erneut von Fischern und Liebespaaren und anderen Schlaflosen, die sie wirklich gefunden hatten, die Münze, die Nymphe, die schaumgeborene Göttin. Doch wenn ich der Geschichte nachging, war das sehr lange her, Jahrzehnte, Jahrhunderte. Nun gab das Meer keine Nymphen und keine Göttinnen mehr frei. An diesen Stränden nicht.

Und dann fand ich sie doch, die Dekadrachme aus Syrakus, Arethusa und die sie umspielenden Delphine. Und auch Aphrodite im schimmernden Schleier ihrer Nacktheit, »wellenatmend ihr Gesicht«. Ich sah sie, als ich Angelo, meinen palermischen Freund, am Boulevard Péreire in Paris besuchte. Sie standen beieinander, die Nymphe und die Göttin, auf einem schmalen Bord über seinem Bett.

- Wo hast du sie gefunden, an welchem Strand? Bei Syrakus, bei Augusta? rief ich und staunte sie an, streichelte ihren Körper, ihre vollkommenen Gesichtszüge.

Angelo schwieg und sah mit herzlicher Ironie meiner Begeisterung zu.

- Nimm es mir nicht übel, daß ich sie dir nicht verkaufen kann. Nicht einmal schenken, sagte er. Sie gehören mir nicht. Ich habe sie – quasi entliehen. Aus dem Archäologischen Museum in Agrigent.

Er zog lächelnd das untere Lid seines linken Auges herab und ließ mich mit der Nymphe und der Göttin allein in seinem Zimmer.

Am Abend servierte mir Angelo vor seinem Lokal an der Porte Maillot die frischsten, sinnlichsten Muscheln, die ich jemals gegessen habe. Außer in Sizilien.

- Eccola, sagte er und zwinkerte mir zu: Die Muschel deiner Arethusa.

Concetta

In jenem Herbst verrannte ich mich in meine Arbeit, ein Theaterstück; strich, schrieb es um, nahm eine der Hauptpersonen heraus, stellte eine andere hinein, fand schließlich, daß alles Himphamp war, trank zwei Liter Wein und warf die Arbeit eines halben Jahres in das Feuer aus altem Ölbaumholz; und am anderen Nachmittag ärgerte ich mich grün und suchte die Schnitzel früherer Entwürfe zusammen. Aber ich kam nicht weiter.

Zuerst merkte es Salvatore, der affittuario, der Pächter. Dann der padrone. Dann die schöne Bäkkerin. Und Mario, der Gemüsehändler. Signor Diagonale am Bankschalter. Lucky, einer der Landarbeiter. Der Installateur, der nach fünf Monaten »domani« tatsächlich doch den Schwimmer im gabinetto reparierte. Der Briefträger. Ciccio, ein contadino, ein Bauer aus der Nachbarschaft, der mir manchmal ein gehäutetes Kaninchen oder ein Rebhuhn an die Tür hängte. Allen war zu Ohren gekommen, ins Auge gefallen: lo scrittore, der deutsche Schriftsteller oben in Gillazza, hat schwarze Vorhänge an den Fenstern und eine leere Schachtel im Kopf.

Sie luden mich zum Essen ein, zum Tanz, zur Jagd und zum Wein. Sie fuhren mit mir über Land, zu den erfolgreichsten Wallfahrtsorten der Madonie. Sie schlachteten ihren fettesten Hammel unter einem Eukalyptusbaum. Sie brachten mir Schallplatten, zwölf Stück, auf denen alle Heldentaten und Herzensleiden des Banditen Salvatore Giuliano besungen, gerühmt, beklagt wurden, mehr, als er in seinem kurzen Leben, in dem er leider ab und zu ein paar Menschen totschoß, vollbringen und erfahren konnte. Karl der Große, Friedrich II. von Hohenstaufen und Napoleon liehen ihm noch einige der ihren.

Meine Nachbarn und Freunde gingen mit mir in das Puppentheater, schenkten mir einen jungen, quicklebendigen Hund; und schließlich brachten sie einen grauen Bettler zu mir, der hatte als Kind das große Erdbeben von Messina, neunzehnhundertundacht, überlebt, als rings um ihn vierundachtzigtausend Menschen starben und das Meer sich über die Stadt warf. Er sollte mir sein Leben erzählen, zu meinem Trost. Aber als er eine Stunde erzählt hatte, mit langen Seufzern und Pausen, ein sizilianischer Hiob, und ich die Pest, die Cholera, das Erdbeben kannte und auch die anderen Katastrophen: die Armut, das Elend, die Hungersnöte, Katastrophen, die wie eine Axt immer wieder in die Wurzeln dieses Lebens schlugen, eine Axt, die Menschenhand, die i potenti, die Mächtigen, geführt hatten; als ich die einfache Tragik dieses alten Mannes kannte, da beschloß ich, meinen

Mund zu halten und überhaupt nichts mehr zu schreiben, mir noch einmal einen anderen Beruf zu suchen, einen handfesten Beruf mit vorzeigbarem, zweifelsfreiem Ergebnis am Abend.

In diesen finsteren Tagen, es war schon eher Nacht, kam von seinem Berggehöft Ciccio zu mir und sagte ohne Umschweife:

- Komm mit.

- Wohin?

- Komm mit. Du brauchst frische Ideen.

- Wahrhaftig.

Wir stiegen in der Dunkelheit hinunter zur Staatsstraße 113 und gingen weiter auf die Küstenstadt zu. Es waren noch viele Wagen unterwegs, autocarri vor allem, die uns anblinkten und an die lange Feldmauer drängten. Ciccio fluchte mehr, als es der italienische Staat erlaubt; von der heiligen Kirche ganz zu schweigen.

- Wohin gehen wir, Ciccio?

- Zu einer Frau. Du hast zu lange allein geschlafen, jetzt hängen dir Schlieren im Kopf. Darum kannst du nicht mehr schreiben.

Ich blieb stehen.

- Wer ist es?

- Eine junge Witwe. Concettina.

Ich kannte keine Concettina, ging aber weiter hinter ihm her in die Dunkelheit.

- Ciccio?

Er machte den Mund nicht mehr auf.

In der Stadt, im vicolo dei Saraceni, blieb er stehen und schimpfte gedämpft vor sich hin. Mit porca, Sau, begann jeder seiner gezischelten Sätze, und er legte diesen deftigen Beinamen keineswegs ausschließlich den Irdischen zu. Nur die Madonna habe ich ihn niemals so titulieren hören, die Madonna, Christus, Papst Johannes XXIII. und John F. Kennedy nicht.

- Ciccio, hier wohnt doch die signora Di Pasquale, die Fischhändlerin? fragte ich leise.

Ich kannte sie flüchtig. Einmal in der Woche ging ich in ihren schmalen Laden, sie verkaufte mir kleine Fische: acciughe, alici, murene, triglie, sgombri; und einmal ging ich zu Don Turrù, der auf weißen Marmorplatten Schwert- und Thunfisch feilbot. Ich kannte die signora Di Pasquale buchstäblich zwischen Tür und Angel, da hatte sie das schräge Brett aufgebockt, auf dem zwischen Eisstücken ihre geringe Ware auslag. Eine junge, appetitliche Frau mit wachen Augen, die einiges zu genau gesehen haben mußten.

Ciccio betrachtete noch immer das derbe Paar Bauernschuhe, das vor der einzigen Tür des kleinen Hauses stand. Er betrachtete die Schuhe zornig, und dann sagte er bitter:

- Es wird heute nichts mehr. Dieser Mann – er deutete auf die schmutzigen Schuhe – bleibt bei ihr, bis der erste Hahn kräht. Er reitet sie die ganze Nacht. Danach ist sie zu abgerackert und kann keine Lust mehr geben.

Wir kehrten um.

- Aber warum stellt er seine Schuhe ausgerechnet vor die Haustür, fast auf die Straße? fragte ich.

- Man muß schließlich wissen, wer qualcosa fuori di comune, etwas Besonderes genießt – für unser Geld! sagte Ciccio finster. Wir bezahlen sie alle aus einer Kasse. Sie hat keine Klienten als uns zu haben. Wir behandeln sie gut und gewissenhaft.

- Und eure Frauen? fuhr es mir heraus. Sie erkennen doch eure Schuhe!

Ciccio antwortete mir nicht gleich; meine Frage war ihm nichts anderes als lästig.

- Unsere Frauen sehen nicht hin. Niemals. Außerdem ist eine anständige Frau nachts nicht mehr auf der Straße.

Hinter der Eisenbahnschranke der Linie nach Termini Imerese fragte ich ihn noch:

- Wer war der Mann?

- Ich denke, es ist besser, wenn du es nicht weißt, antwortete Ciccio mürrisch.

- Ich meine: ihr Mann.

- Ihr Mann, Salvuccio, er wurde – nun, er ist tot.

Ciccio nahm sich eine Zigarette, hielt seine beiden Hände um das brennende Streichholz und sagte:

- Er war ein sympathischer Mensch.

- Ich finde die signora auch sympathisch.

- Aber sehr! Sie hat all meinen Respekt. Eine brave Natur. Wir haben unsere Freude an ihr.

- Und sie, hat sie auch ihre Freude?

Ich hatte eine Frage zuviel gestellt. Ciccio trat seine Zigarette aus und erwiderte, von einem Augenblick zum anderen verändert, mit einer Stimme, mit der er nur zu Fremden sprach:

- Dafür ist gesorgt. Wir sind Sizilianer!

Er sagte es mit kaltem Stolz und wurde danach einsilbig, verschlossen.

Ciccio kam nie mehr auf Concettina zurück, und ein paar böse Wochen lang hängte er mir auch kein Rebhuhn mehr an meine Tür.

Dann brachte ich mein Theaterstück zu Ende; und es wurde zwischen uns fast alles wieder wie früher.

Mariuccia

Im Mittsommer, wenn die Sonne das Land ausdörrte, der scirocco darüber herfiel, es im Fieber schüttelte, und mein Arbeitszimmer zum Backofen wurde, zog ich hinauf in die Nähe des Kapuzinerklosters Santuario di Gibilmanna, wo wenigstens in der Frühe und am Abend ein leichter Wind Kühlung brachte und es noch grüne Bäume gab.

Das Feldsteinhaus, in dem ich den brennenden Monat zubrachte, stand leer. Der padrone war mit seiner Familie nach Nordamerika ausgewandert, hatte aber ein paar abgenutzte Möbelstücke zurückgelassen: eine mit Seegras gefüllte Matratze, einen rohen Tisch, einen Stuhl, den zerbrochenen Herd, altes Geschirr. Elektrisches Licht und fließendes Wasser gab es nicht, hatte es nie hier gegeben.

Den Schlüssel, Wasser und Käse und Eier und Wein bekam ich von Filippo, meinem Nachbarn, der zehn Minuten weiter am Berg seinen dürren Besitz hatte. Einmal in der Woche stieg ich hinunter nach Gibilmanna, setzte mich auf die Treppe des Klosters und sprach mit einem ironischen Mönch, der hier Amulette verkaufte. Später aß ich auf der Terrasse des einzigen ristorante, las die Post, die hier für mich abgegeben worden war, und sah tief unten, hinter Cefalù, das Meer. Auf dem Rückweg kaufte ich in dem Kramladen ein, der zum ristorante gehörte: Brot und Salami, Petroleum, Zigaretten und Streichhölzer.

Ich konnte nur frühmorgens arbeiten, von fünf bis gegen neun. Dann schloß ich die schief in ihren Angeln hängenden, knarzenden Fensterläden bis auf den einen neben der raschelnden Matratze, legte mich hin und las oder schlief. Ich las die »Odyssee« und »Tristram Shandy«, und wenn mir die Augen zufielen, schlief ich wieder. Oder ich blätterte in alten, brüchigen Nummern des »Giornale di Sicilia« und des »Corriere delle Madonie« und stöberte in den neuesten Aufregungen, politischen Massakern, Eifersuchtsdelikten, Geiseldramen, Wirtschaftskrisen und Fußballschlachten von vor neun, zehn Jahren.

Ich hörte hier oben nichts als das eintönig knatternde Orchester der Zikaden, das mich einschläferte und wieder weckte, und manchmal hörte ich, weltweit weg, das Hupen des Pullmans nach Castelbuono und Petralia Soprana. Ich sah niemanden außer ein paar Bergeidechsen, Bauch und Kehle rötlich das Männchen, gelblich weiß das Weibchen; und eine winzige Spitzmaus, die sich eines Tages hierher verirrte und bei mir blieb, weil ich sie gut fütterte und nie verschreckte. Ich nannte sie Anastasia und redete mit ihr, erreichte auch zuweilen, daß sie sich auf die Hinterbeine setzte und mich mit ihren dunklen Augen aufmerksam betrachtete. Mehr konnte zwischen uns nicht werden.

Aber zweimal am Tag, in der Morgenkühle, in der Abendkühle, hörte ich Musik. Ich glaubte lange, daß sie aus einem Radio in Filippos Haus komme, doch es waren immer dieselben Lieder, die gesungen wurden, zehn oder zwölf Lieder, die ich nicht kannte, im Dialekt der Madonie; und es war immer dieselbe Stimme, die sie sang, eine Frauenstimme, ein klarer, warmer Alt, wie ich ihn so rein und so sinnlich nicht häufig gehört hatte. Ich wußte, daß Filippo verheiratet war. Ich kannte seine Frau, hatte sie oft gesehen, wenn ich Wasser, Käse und Wein kaufte. Eine Frau, die früh abgewirtschaftet hatte, mager, schwarz und mit einer dumpfen Empörung in den kleinen finsteren Augen. Sollte in dieser Frau die warme, blühende Altstimme wohnen?

Filippo schuftete den langen Tag auf seinem schiefen, güsten Äckerchen, hackte die steinhart gebrannte Erde, zog Wasserrinnen; außer nach dem Mittagessen, in der Stunde Pans, wo hier kein Mensch arbeiten kann. Ich ging nie zu seinem Haus, wenn Filippo nicht dort war, kam erst nach dem Abendessen, trank ein Glas Wein mit ihm, selten eine Flasche, rauchte seine schwarzen Alfa-Zigaretten und hörte mir seinen Lebensplan an: In fünfzehn Jahren wollte er es geschafft haben; für eine Million Lire, das waren damals sechstausendfünfhundert Mark, wollte er das leere Haus, in dem ich im August wohnte, von dem padrone in Pittsburgh, USA, kaufen und es im Hochsommer, wenn die Touristen aus der Siedehitze vom Meer in die Bergkühle fliehen, an sie vermieten. Er hatte sich an hundert Abenden ausgerechnet, daß er spätestens zwanzig Jahre danach alt, aber benestante, wohlhabend sein könnte.

Seine Frau saß bei diesem Mondschloßbau neben ihm, hielt sich die Hand vor den schon zahnarmen Mund und sprach immer nur einen hoffnungslosen Satz, jeden Abend den einen und nur ein einziges Mal:

- Es gibt kein Wasser und kein Licht in dem Haus.

Filippo schickte sie schlafen und erklärte mir mit zäher Geduld, wie er Wasser und Licht in das Haus bringen werde – er schon –, streckte mir seine verarbeiteten Hände hin und fragte grollend:

- Glaubst auch du mir das nicht, scrittore?

- Doch, sagte ich, wenn es einer schafft, bist du es, Filippo.

Er goß uns noch ein Glas Wein ein, und ich sah dem taumelnden Jagdflug der Fledermäuse zu.

Niemals erwähnte Filippo die Frau mit der dunkel blühenden Stimme und ihre Lieder. Ich fragte auch nicht danach. Ich war lange genug in Sizilien, um nicht mehr häufig unerwünschte Fragen zu stellen.

Einmal im Monat, wenn der Vollmond erst über den verkrüppelten Korkeichen und dann fern und weiß über dem Meer hing, trank Filippo; und manchmal trank ich mit ihm.

An einem unserer Vollmondabende aber war er schon betrunken und schlafen gegangen, als ich, verspätet, zu seinem Haus kam. Seine Frau hatte er wie immer mitgenommen. Sie mußte neben ihm liegen, wenn er zu Bett ging und bis er aufstand. Er legte seine Hand auf sie, wenn er aus seinen Alpträumen hochfuhr, und schlief dann wieder ein.

Es war sehr still, eine leise helle Nacht, und ich wollte schon wieder umkehren; da sah ich, daß Filippo eine Flasche für mich auf den Tisch gestellt hatte, eine Flasche Weißwein, den nur ich trank, nicht er, und ein frisches Glas.

Ich setzte mich an den sanft beleuchteten Tisch auf der Terrasse, trank langsam von dem Wein, der noch kühl war, und lauschte in die näherschleichende Nacht. Und da hörte ich wieder die Stimme: leiser als sonst, manchmal nur summend, dann wieder voll und in die Nacht blühend.

Ich stand auf und ging um den Hof. Ein Fenster in einem Teil des Hauses, den ich nicht kannte, stand offen, und da heraus flog, ein wenig schwer, zögernd, die Musik. Ich ging bis vor das Fenster und blieb stehen. Der Gesang hörte mitten im Lied auf. Es wurde vollkommen still im Zimmer, und ich hörte nur noch das unterirdische Rauschen des Wassers in Filippos Zisterne. Ich blieb weiter stehen, ich weiß nicht wie lange, und dann kam aus der Dämmerung des Zimmers jemand auf das Fenster zu, in einem dunklen Kleid. Ich sah das dunkle Kleid und sah dunkles Haar. Von dem Gesicht sah ich nur, daß es das Gesicht eines Mädchens war.

Einzelne Züge konnte ich nicht erkennen, also auch nicht, ob das Mädchen häßlich oder schön oder allgemein war. Ich sah nur das hellere Oval zwischen Kleid und Haar und, als ich länger hinsah, auch die braunen Augenhöhlen. Sonst nichts.

- Sie singen sehr schön, sagte ich leise.

Keine Antwort. Das Mädchen konnte achtzehn, auch zwanzig Jahre sein. Ich erriet es nicht und fragte:

- Wie alt sind Sie?
- Fünfzehn.
- Das kann ich nicht glauben.

Sie antwortete nichts und trat auch nicht näher ans Fenster, sondern blieb drei Schritte tief in dem dunklen Zimmer stehen.

- Singen Sie noch ein Lied, sagte ich. Bitte!

Ich konnte sehen, daß sie den Kopf schüttelte. Wir standen uns stumm gegenüber, und dann fragte ich:

- Wie heißen Sie?
- Mariuccia.

Ich wiederholte:

- Mariuccia.

Aber da knurrte der Hund, der mich sonst, außer in den allerersten Tagen, unbeachtet gelassen hatte, kam aus seiner Hütte und zerrte an der Kette. Mariuccia trat tiefer zurück in das Zimmer, und ich ging rasch um das Haus, setzte mich an den Tisch und trank den immer noch frischen weißen Wein. Ich saß und wartete, aber es geschah sonst nichts mehr.

In den nächsten Tagen, in der Morgenkühle, in der Abendkühle, hörte ich wieder Mariuccias Gesang. Doch wenn ich zu Filippo kam, sah ich sie nie, und ich fragte auch jetzt nicht nach ihr.

Später – ich hatte Filippo erzählt, daß ich nachmittags nach Gibilmanna hinunterfahren wollte zum Einkaufen, war aber im Halbschatten meines Zimmers geblieben, weil es mir auf der Straße zu heiß war – lag ich auf meiner Matratze und las im »Tristram Shandy«, da hörte ich plötzlich fast lautlose Schritte vor meinem Fenster und sah ein dunkles Mädchen rasch hinter dem rostigen Moskitonetz vorüberwehen, kaum daß ich sein Gesicht erahnen konnte. Sie mußte barfuß sein und bis zu meiner Tür laufen. Dort blieb sie aber nur ein paar Herzschläge lang. Dann sah ich sie, fast wieder nur ein Schattenriß, an meinem Fenster vorbeifliegen.

Ich sprang von meiner Matratze auf und öffnete die Tür. Niemand mehr. Doch in einer Krampe, in der die Tür eingehakt wurde, steckte ein kleiner Strauß: zwei Finger voll Geranienblüten.

Ich nahm die Blüten heraus, sie waren noch frisch, roch daran und mußte mich plötzlich, wie von einem Strick gezogen, umdrehen: Zwischen zwei Olivenbäumen, im Trommeln der Zikaden, stand Filippo. Er sah mich an, mit finsterer Aufmerksamkeit, und ich sah ihn an. Kein Wort. Dann ging Filippo mit seiner zappa, seiner Rodehacke weiter aufs Feld, und ich kehrte zurück in mein Zimmer und stellte den winzigen Geranienstrauß in ein Glas Wasser.

Bis ferragosto blieb ich noch in dem verfallenden Feldsteinhaus und stieg abends zu Filippo hinauf, kaufte Wein, Käse, holte Wasser und legte ein paar tausend Lire für den padrone drauf. Wir tranken noch manchmal eine Flasche Wein miteinander. Filippo baute sein Mondschloß, das nur sechstausendfünfhundert Mark kostete und für das er noch dreißig Jahre arbeiten mußte, bis er alt, aber benestante war. Seine Frau brachte, Tag für Tag, ihre lähmende Vernunft zur Sprache und wurde ins Bett geschickt. Filippo zeigte mir seine harten Hände, die schließlich jede Barriere, die noch vor seinem Glück stand, bezwingen sollten.

Doch jene Stimme kam nicht mehr geflogen, in der Morgenfrische, in der Abendkühle, aus dem verriegelten Haus.

Ich habe Mariuccia nicht wiedergesehen.

Der stille Sizilianer

Auf dem Weg zum Postamt der Küstenstadt kam ich an einem kleinen, hellblau getünchten Haus vorbei, das in einem weitläufigen Blumengarten lag; und fast zu jeder Stunde sah ich dort einen älteren Mann, der seine Beete harkte oder auf einer Bank an der Hauswand saß, die Hände vor sich auf dem Tisch, und lächelte. Ich sah ihn nie eine Zeitung lesen, niemals rauchen oder mit einem anderen Menschen Konversation machen. Nein, er saß einfach da, ordentlich gekleidet, im dunklen Rock, und trug eine Krawatte mit einer Perle. Manchmal hielt er die Augen geschlossen, manchmal sah er ins Weite. Aber immer lächelte er.

Es war dieses Lächeln, das mich zuerst aufmerksam machte, und ich suchte lange nach Worten, um es fassen, begreifen zu können, bis ich mich schließlich damit begnügte zu denken: Er lächelt mit herzlicher Ironie.

Ich grüßte ihn von nun an, und er hob leicht die Hand, erwiderte aber meinen Gruß mit keinem Wort. Ein paar Tage fürchtete ich, er sei vielleicht stumm. Dann zog ich Erkundigungen ein und erkannte ein Stück seiner Geschichte, in die er verstrickt und gehüllt war, den Mantel der Geschichte freilich nur.

Dieser schmächtige Mann war lange Zeit Beamter gewesen, Finanzbeamter, beinahe dreißig Jahre. Er hatte keine höhere Stellung erreicht, sich wohl auch nicht darum verdient gemacht oder bemüht. Er war Sekretär geblieben. Die ihm zukommende, anvertraute Arbeit führte er korrekt und pünktlich aus, errechnete Progressionen, schrieb Mahnungen, beriet seine Steuerpflichtigen. Niemand hatte etwas zu tadeln an ihm, und auch außerhalb des Büros ging sein Leben einen schnurgeraden Weg, wie schon das Leben seines Vaters, der Angestellter in der Gemeindeverwaltung gewesen war und das schmale, hellblau getünchte Haus erbaut hatte, einen geraden Weg ohne Stolpersteine und spitze Kehren gegangen war.

Signor Chiodo – Cesare Chiodo, der Sohn – heiratete, als er seine Militärzeit abgedient hatte, ein Mädchen aus der Nachbarschaft. Er zeugte mit ihr drei Kinder, zwei Mädchen und einen Jungen. Er ging morgens gegen neun in sein Büro, und wenn er abends herauskam, trank er in der »Bar da Tutù« einen amaro, einen Magenbitter. Dann ging er nach Hause, nahm seiner Frau einen Teil ihrer Sorgen ab, schaukelte die drei Kinder und zog sie groß. Er saß zweimal in der Woche mit seinen kirchentreuen Kollegen im Klub einer Partei, die er, ohne je die Fahne zu wechseln, wählte und seine Familie mit ihm, spielte Dame mit seinen Freunden oder redete sich den Kopf heiß über die hirnrissigen Fehler und die schändliche Bestechlichkeit der Politiker in Rom. Im Urlaub fuhr er mit seiner Familie aufs Land, in die Nähe von Cerda, in ein altes Bauernhaus auf der Höhe, wo er die Krawatte ablegte und mit den Kindern, so lange sie noch nicht erwachsen waren und ihre eigenen, ebenfalls schnurgeraden Wege gingen, Steinpilze suchte oder Brombeeren.

Dann holte ihn sein Schicksal ein.

Eines Abends nach den Spätnachrichten stellte er nicht wie sonst das Radio ab, sondern hörte noch, zunächst nur mit einem Ohr, mit nur schläfriger Aufmerksamkeit Musik. Es war ein Klavierkonzert von W. A. Mozart, das Klavierkonzert Nr. 21 in C-Dur. Beim zweiten Satz, dem Andante, setzte er sich dicht neben das Radio und stützte den Kopf in die Hand. Nach dem Allegro vivace assai stellte er das Radio ab. Er sagte nichts.

Seit diesem Abend ging eine Veränderung mit signor Chiodo vor; fast unmerklich zunächst. Er strich sich in seiner Tageszeitung, dem »Giornale di Sicilia«, im Radioprogramm Sendungen an, was sonst nie seine Gewohnheit gewesen war. Er hatte bisher nur die Nachrichten gehört, sich anschließend empört und das Radio den restlichen Tag seiner Frau und den Kindern überlassen. Nun machte er schon eine Woche vorher ein Kreuz in die Zeitung für den Tag, für die Stunden, in denen ein Konzert von W. A. Mozart übertragen werden sollte. Sonst aber nicht.

Natürlich fiel diese Veränderung der Familie

bald auf. Sie befragte signor Chiodo. Er schüttelte nur den Kopf und erklärte nichts.

- Che noioso! sagten die Kinder und die Frau. Langweilig, lästig.

Dann kaufte sich signor Chiodo einen eigenen kleinen Apparat, ein Transistorradio, ging damit in ein anderes Zimmer; und als er auch dort störte, stieg er auf den Dachboden. Da saß er an einer Luke, sah hinunter über die Olivenhügel zum Meer und hörte Mozart. Er wurde immer stiller.

Nach der Ferienzeit ging er wieder in sein Büro, ins Finanzamt; aber er nahm den kleinen Radioapparat mit und stellte ihn auf seinen Schreibtisch. Die Radiozeitung, die er jetzt hielt, mit ihrem genauen, farbig gekennzeichneten Programm, legte er daneben.

Seine Kollegen bohrten sich in den Ohren, schüttelten den Kopf und lachten. Im Klub versuchten sie geduldig herauszufinden, wieso Cesare Chiodo ein tifoso, ein Begeisterter gerade dieser Musik geworden war? Schließlich gäbe es doch noch andere, italienische, großartigere Komponisten! Vincenzo Bellini zum Beispiel oder Verdi. Und außerdem existierten noch immer die Frauen, die Politik, das Geld, der Sport und der Wein.

Signor Chiodo antwortete nicht; er blieb freundlich still. Damals trat das sonderbare Lächeln in seine Augen, auf sein Gesicht und blieb schließlich ganz da. Die Freunde zuckten am Ende die Achseln und ließen ihn in Ruhe.

Bis er anfing, seine Arbeit zu vernachlässigen. Er

kam weiter jeden Tag pünktlich ins Amt, aber immer öfter sah ihn ein Kollege am Schreibtisch sitzen, den Kopf in die Hand gestützt, schweigend dieser Musik lauschen und nichts sonst tun. Sie redeten ihm gut zu, seine Freunde; und wenn diese Musik nicht übertragen wurde, stellte er das Radio auch sofort ab und arbeitete so korrekt und fleißig wie all die vielen Jahre vorher.

Aber eines Tages hatte er sich ein neues Radio gekauft, mit dem er viel mehr Sender empfangen konnte, Sender aus fremden Ländern, auch aus Übersee; und daheim, in seinem Haus, hatte er ein Grammophon mit Schallplatten, vielen Schallplatten. Nun saß er immer öfter an seinem Schreibtisch oder an der Dachluke, saß still da und hörte diese Musik. Die Kollegen besprachen sich erst untereinander, dann mit der Familie; aber keiner ging zu den Vorgesetzten. Signor Chiodo war niemand, den man denunzierte. Doch viele machten sich nun redlich um ihn Sorgen.

Wie froh, wie erleichtert waren deshalb alle, im Büro und in dem hellblau getünchten Haus, als Cesare Chiodo, abermals von einem auf den anderen Tag, sein Radio plötzlich in der Ecke auf dem Dachboden stehen ließ und auch die Schallplatten nicht mehr auflegte.

- Er hat genug von dieser ereignislosen musica classica! riefen die Kollegen und stichelten, ob seine Frau im Sankt-Martins-Sommer ihm das Blut wieder wärme – oder wer gar sonst?

Heraus mit der Sprache! Beato Lei: womöglich

die sturmherzige Marcella an der Kasse des Fiamma-Kinos?

Die signora Chiodo hörte nichts von diesem Schabernack, den Sticheleien, sie schloß die Schallplatten weg, in die hintersten Schubladen; die Kinder stellten ihre canzonette an und ihren Rock and Roll wieder lauter, und in der Ferienzeit brachten sie ihre Freunde und Freundinnen mit aufs Land und tanzten die halbe Nacht im Garten.

Keiner von ihnen wußte, was auf sie zukam aus der stillen Fremde, in der signor Chiodo lebte.

Denn immer schweigsamer wurde signor Chiodo; er sprach kaum noch ein Wort. Das helle Lächeln aber verschwand nicht mehr aus seinem Gesicht. Manchmal hob er auch beide Hände, nur leicht, als beschwöre, dirigiere er eine Musik, die außer ihm niemand vernehmen konnte. Nur kurz, dann ließ er die Hände wieder sinken und lächelte bloß sein sanftes, strahlendes Lächeln.

Im Büro ließ er seine Arbeit nun völlig sorglos liegen: erst mehrere Stunden, dann tagelang, schließlich ganze Wochen. Er schloß die Augen, lächelte, hob die Hände, öffnete die Augen weit und lauschte gesammelt in die Stille, die ihn immer dichter zu umgeben schien.

Schließlich drang es doch zu den Vorgesetzten, zum Direktor, daß mit signor Chiodo etwas nicht mehr stimme, nicht mehr in Ordnung sei. Es gab Besprechungen, Vorwürfe, Bitten. Ärzte wurden herbeigezogen, der vertraute Hausarzt zuerst, dann Spezialisten für Psychiatrie, Endokrinologie,

Psychoanalyse; auch ein in ganz Sizilien berühmter Wunderheiler, ein mago. Sein inzwischen schon erwachsener Sohn fuhr jede Woche einmal mit signor Chiodo nach Palermo. Die Frauen weinten.

Aber je mehr die Familie, die Freunde, die Kollegen, die Ärzte in ihn drangen, desto stiller wurde signor Chiodo. Endlich antwortete er gar nicht mehr, sprach kein einziges Wort, saß nur da, lauschte, und das herzlich ironische Lächeln lag auf seinem Gesicht. Er hob die Hände, bewegte sie im Takt, langsam oder stürmisch, hörte jener Musik zu und schwieg.

Ein paar Monate später pensionierte man ihn. Doch nur die Spezialisten sprachen von einer Wahnwelt, Schizophrenie oder Paranoia. Die Leute in der Stadt, auch der Hausarzt, blieben bei einem Ausdruck ihrer Sprache, sie sagten:

- È troppo buono. Er ist zu gut.

So vergingen achtzehn Jahre.

Einmal sprach ich mit seinem Sohn, der jetzt Chef der carabinieri im Ort war. Ich fragte ihn, ob sein Vater je habe Noten lesen, ein Instrument spielen können?

- Nein, niemals. Die Musik ist in seinem Körper, in seinem Kopf.

Ich erzählte ihm, daß viele Menschen Konzerte in ihrem Gedächtnis hätten: Dirigenten, Pianisten, Sänger. So, wie andere Menschen Zahlen, Bilder oder Gedichte in ihrem Kopf haben.

Er trank seinen Espresso aus, den er in der Bar

»Al Gabbiano« bestellt hatte, schüttelte den Kopf und sagte:
- Ich weiß, scrittore. Ich habe mich mit den Spezialisten lange darüber unterhalten. Aber diese Leute, von denen Sie sprechen, haben die Bilder, die Musik doch nicht immer im Körper, im Kopf. Sie können sie ausstreichen, abstellen und wieder herbeirufen – mein Vater kann das nicht. Es geht ihm nichts anderes mehr durch den Sinn. Er hört kein Radio mehr, liest keine Zeitung, hat kein Geld in der Tasche. Er spricht nicht mehr. Ja, wir wissen nicht einmal genau, ob er überhaupt noch etwas wahrnimmt, etwas anderes. Meine Mutter ist gestorben. Meine Schwestern haben Kinder zur Welt gebracht. Es gab Krieg. Meine Frau hat eine Erbschaft in Amerika gemacht, die einen Winter lang unsere ganze Stadt durcheinanderwirbelte – an meinem Vater geht das alles vorbei, als sei es vollkommen belanglos. Er hat nur die Musik im Kopf.
- Auch nachts, zur Schlafenszeit? fragte ich.
- Ich glaube, auch nachts. Jedenfalls, wenn ich vom Spätdienst heimkomme und noch einmal nach ihm sehe, liegt er da in seinem Bett, und manchmal hebt er die Hände: er dirigiert.
- Und lächelt, sagte ich. Ich habe noch nie im Leben jemanden so lächeln sehen. Außer frühe griechische Plastiken; und in einem russischen Roman, da gibt es einen vollkommen guten Menschen, der manchmal so gelächelt haben muß: der Fürst Lew Myschkin.

- Ja, sagte der Leutnant und lächelt plötzlich auch. Ja, er ist zu gut.
Kurz bevor ich im Herbst wieder nach Deutschland fuhr, ging ich eines Morgens zu signor Chiodo in seinen Garten und setzte mich, wie ich es jetzt öfter mit Erlaubnis des Sohnes tat, zu ihm an den Tisch. Ich nahm einen kleinen Zeitungsausschnitt aus der Tasche, nicht viel größer als eine Briefmarke. Es war eine Wiedergabe des Kupferstichs von Jean Baptiste Delafosse nach Carmontelle, auf dem der siebenjährige Wolfgang Amadé Mozart zwischen Vater und Schwester am Klavier sitzt.

Signor Chiodo sah das Bildchen, legte es behutsam in die Mulde seiner Hand und betrachtete es. Und dann traten langsam Tränen in seine Augen.

Ich erschrak und war zugleich glücklich. Das Lächeln, die durchsichtige Zärtlichkeit hatten keinen Moment ausgesetzt. Es ging auch kein Zittern durch seine Züge, seinen Körper. Signor Chiodo legte den winzigen Zeitungsausschnitt zurück auf den Tisch und schloß die Augen. Er hob die Hände, bewegte sie leicht in der Luft und lauschte seiner Musik.

Ich ging.

Als ich mich noch einmal nach ihm umdrehte, nach dem schmächtigen Mann vor der hellblauen Hauswand, sah ich, obwohl ich schon weit weg war, noch immer jenes Lächeln voll herzlicher Ironie auf dem Gesicht des stillen Sizilianers.

Eine höllische Sache

Mein padrone di casa, mein Hauswirt, ein gescheiter Advokat und Don Quichotte, was in Sizilien nicht selten zusammenkommt; dazu, auch hier schon rarer, mit stupenden historischen Kenntnissen von der Antike bis zum Jahre 1914, wo für ihn die Geschichte der Kultur und der Zivilisation aufhörte und die Barbarei von vorne anfing; mein padrone war einen Monat lang durch Deutschland gereist, mit dem mich eine immer kompliziertere Zuneigung verband, je länger ich in Sizilien lebte. Als er heimkam, war er voller Begeisterung für mein Vaterland, sang das Lob der deutschen Dome, der mittelalterlichen Rathäuser, der Ströme Rhein, Weser, Elbe, Donau, die immer, das ganze Jahr über, reich an Wasser waren; das Lob der deutschen Sauberkeit, der immergrünen Wälder, der wohlerhaltenen Ruinen am Rhein.

- Avvocato, sagte ich nach einer Stunde, und jetzt la verità, die nackte Wahrheit.

- Aber es ist die Wahrheit! rief er und zählte die Namen der Städte auf, die er besucht, in Augenschein genommen, in denen er übernachtet hatte; schilderte ihre Kaiserpfalzen, ihre Alleen, Kanäle,

Häfen, ihre Glockenspiele, Schlösser, ihre gepflegten Parks; bewunderte ihre gut genährten und reinlich gekleideten Menschen, den frischen Geruch ihrer Straßen morgens, wenn der Sprengwagen hindurchgefahren war, die Pünktlichkeit ihrer Eisenbahnen, ihrer Post und ihre Fabriken an der Ruhr, an der Saar, in denen nicht gestreikt, in denen Tag und Nacht gearbeitet wurde; er rühmte ihre schwebenden Brücken, den ungeplünderten Reichtum ihrer Museen, die geölte, flitzende Organisation ihrer Flughäfen.

- Und Weilburg an der Lahn, Ihre Geburtsstadt, diese steinerne Blume am Hügel über dem Fluß...

Ich versuchte, seine beklemmende Lobrede zu bremsen, und fragte rasch dazwischen:

- Avvocato, aber es muß doch irgend etwas gegeben haben, das Ihnen mißfallen hat, das Sie gern wieder heimkehren ließ?

Stille. Stille, in der er sich genierte, verlegen eine Zigarette drehte.

Er sah mich kurz, schwermütig an, zögerte noch einmal und sagte:

- Entschuldigen Sie, eine unerträgliche Sache gab es da wirklich, eine höllische Sache.

Ich zählte mir in Gedanken rasch die deutschen Sünden vor; doch es waren viele, und ich wurde nicht fertig damit.

- Was, avvocato? fragte ich kleinlaut. Waren Sie auch in Bergen-Belsen, in...

- Nein. Aber tutto funziona, sagte er erschüttert.

Alles funktioniert. Es war – scusi tanto – es war fast unmenschlich.

Ich lachte, sah in das alte, blitzgescheite, ironische Gesicht Siziliens und hörte auf zu lachen.

Ferragosto

Einmal im Jahr lud mich mein padrone di casa in den tropischen Fruchtgarten seines halbzerfallenen Palazzo zum Mittagessen ein. Immer an Mariä Himmelfahrt, mitten im August, in der brennendsten Wirklichkeit des sizilianischen Jahres, lange bevor ein hysterisches Gewitter dem Sommer das Genick brach und der große Regen einsetzte.

Unter Ölbäumen und Limonen, neben einer Bananenstaude, deren glatte lange Blätter Kühlung fächelten, und dem alten Goldfischteich, über dem die Libellen standen und schwirrten, die Raubjungfer, die Schönjungfer, die Schlankjungfer und die Goldjungfer, stellten wir einen langen Tisch auf: für seine Frau, für Mariacarla, seine schöne Tochter, die in Palermo Anglistik studierte, für meine Freundin, die für die Sizilianer eine signora, nie eine signorina war, und für uns beide Männer.

Er und ich nahmen gegen zwei Uhr Platz, nachdem schon seit dem frühen Morgen Mutter und Tochter in der Küche gefeuert, rumort, gezaubert und gesungen hatten. Der avvocato saß am Kopfende des Tischs, mir gegenüber; die Damen, wenn sie unter Assistenz meiner Freundin die immer neuen Gänge aufgetragen hatten, saßen an den Längsseiten.

- Pran' pron'! Das Mittagessen ist serviert, rief der avvocato und hob sein Glas. Wir aßen und tranken von zwei Uhr bis kurz vor der Abenddämmerung.

Zunächst ging es ruhig zu. Küchenlob meinerseits, genüßliches Schmatzen seitens des padrone; helles Klirren der silbernen Messer und Gabeln und Löffel. Es gab gegrillten Schwertfisch und Hammelfleisch in einer Knoblauchsoße, deren Aroma schwül und dicht durch die Plantage zog und sich mit dem Geruch des glosenden Olivenholzes mischte; maccheroni con salsa di pomodoro und später rote Melonen oder granita, körniges Eis; schließlich kohlschwarzen Espresso und torroncini, ein süßes sizilianisches Mandelkonfekt, bei dessen Genuß ich mir mühelos vorstellen konnte, wie sich eine Dame zu Tode ißt.

Und es gab Wein! Mein avvocato hatte sechstausend Flaschen in seinem alten, dickwandigen Keller, in dem auch gekeltert wurde; und eine Flasche war staubiger und feuriger als die andere. Die Damen nippten nur an ihren Gläsern und bekamen doch Mondscheinglanz in die Augen. Der avvocato und ich aber tranken. Er war sonst, an den dreihundertvierundsechzig oder dreihundertfünfundsechzig Tagen des Jahres, was Wein oder gar Alkohol anging, ein nüchterner, ja asketischer Mann, der gegen Abend, nach seinen Prozessen, von seinen Akten auf dieses Landgütchen kam, das er über alles liebte; auf dem er vor sechzig Jahren geboren war, wo er seine erste Leidenschaft und seine erste Tragik erlebt hatte. Er kam auf seine alte Erde, wohin er nach einem Menschenleben im alpinen Norden, in Domodossola an der Schweizer Grenze, nach dem Krieg heimgekehrt war. Für immer.

Hier, auf dem Landgut seiner Jugend, lief er bis weit in die Nacht umher, das Hemd hing ihm aus der Hose, durch einen nie geflickten Riß – »damit meine beiden Damen, diese höllische Rasse, sich nicht einbilden, ich besäße so viel Geld, daß ich ihnen ein neues Auto kaufen könnte!« Er kroch unter den Ölbäumen, den Limonen, den Mispeln, den Orangen umher, harkte, beschnitt, begoß, erntete; und lehnte dann in der Dunkelheit auf dem Steinrand des Fischbassins, stundenlang, rauchte fünfzig, sechzig selbstgedrehte Zigaretten am Tag, streichelte eine seiner streunenden Katzen. Und schwieg.

Hier, nach der Heimkehr, in der Wiedergeburt seiner tausend Erinnerungen, schwieg er; und als wir uns kennenlernten an diesem Fischteich, eines Nachts, als ich nicht schlafen konnte und durch das grüne Moskitonetz am Fenster seine ewige Zigarette glühen sah und im Pyjama zu ihm hinausging, da schwiegen wir beide, ehe wir langsam, nachdenklich unsere Worte wechselten – in abenteuerlichem Latein und Griechisch, weil wir keine moderne Sprache für unsere Kommunikation hatten. Er beherrschte von den lebenden Sprachen außer seinem sizilianischen Dialekt mit den vielen griechischen Wörtern, die sich hier seit Homer kaum verändert haben, natürlich Italienisch und etwas Englisch; ich damals nur Deutsch und ein paar Schulreste Französisch.

Ich weiß noch heute, worüber er mit mir sprach während unserer ersten Nacht, in unserem halsbrecherischen Latein und Griechisch, mein alter Freund: über den »Don Quichotte«, den er von allen Büchern der Weltliteratur am ernstesten liebte. Er sprach in Wirklichkeit über sich, ahnte ich bald; behutsam, mit heiserer und doch gedämpfter Stimme erzählte er, während seine Zigarette im Mundwinkel verglühte und er sich die nächste drehte und ansteckte.

Aber jetzt, an diesem Nachmittag um ferragosto, der Zeit um Mariä Himmelfahrt, unter den alten Ölbäumen, wählte er nicht die zerbrechlichen Worte, behutsam nach langen, glimmenden Pausen; nein, der Wein Siziliens löste ihm die Zunge, und durch die Melancholie seiner gescheiten Augen, die alles, fast alles durchschaut hatten, funkelte die Ironie. Der Schauspieler vieler tausend Prozesse zog alle Register, sein Gesicht blitzte vor Witz und Bosheit und Gelächter; und das sprühte, funkelte alles aus einem zuckenden Mund, in dem nur noch ein einziger Zahn stand. Ein Augenzahn. Er trug nie ein Gebiß, auch nicht bei seinen funkelnden Plädoyers. Er schoß um diesen einen Zahn herum seine Pfeile ab, die selten ihr Ziel, den Schwachsinn und die Notwendigkeit der Gesetze, verfehlten. Einmal, vor Jahr und Tag, hatte er sich ein Gebiß anfertigen lassen, bei dem renommiertesten Zahnarzt Palermos, es in den Mund geschoben – und noch am Abend desselben Tags ins Meer geworfen. Basta.

Kehren wir an unseren Tisch unter die Ölbäume, die Orangen und Mispeln zurück.

Die Erzählungen des avvocato wurden immer abenteuerlicher, immer gewagter; und die Damen blickten still in ihren Schoß oder hinauf in den reinen blauen Himmel, aus dem das Feuer des Augusts fiel und im Laub der Ölbäume versprühte. Allmählich nahte die frühe Dämmerung, die Zikaden verstummten urplötzlich wie auf das Kommando eines unsichtbaren Taktstocks; und doch hörten wir sie in diesem winzigen Augenblick der ersten Stille so genau und schrill wie den ganzen Nachmittag über nicht. Der avvocato ging ein wenig steif in seinen alten Weinkeller und holte noch eine letzte Flasche: einen gelblichen Wein, der nach ganz ausgereiften Trauben und auch eine Spur nach Limonen schmeckte und von dem er nur noch wenige Flaschen besaß, aber wußte, daß ich ihn so gerne trank wie keinen anderen, die besten Weine meiner Heimat ausgenommen.

Wir waren nicht ubriachi, betrunken, oder brilli, benebelt, sondern ebbri, berauscht, erleuchtet, als wir diese letzte Flasche Wein tranken. Die Damen nippten nicht einmal mehr daran; sie schwiegen jetzt vollkommen. Mit kaum sichtbarem Gähnen und gemurmelten Entschuldigungen die Mutter. Ihre Tochter flocht Orangenblätter zu kleinen Schiffen, ließ den Mondschein in ihren dunklen Augen aufblitzen und senkte dann lächelnd die schweren Lider. Meine Freundin fing unvermittelt an, Brechts Ballade von den Seeräubern zu singen, »O Himmel, strahlender Azur!«, worauf die Katzen, die um den Tisch lagen, ihre Ohren spielen ließen.

Wir beide, der avvocato und ich, aber erzählten immer hitzigere, in den Orient der Phantasie schweifende Abenteuer, von denen wir mit Gewißheit die wenigsten erlebt, die meisten aber ein Leben lang gesucht hatten. Wir lachten und logen und gossen den gelblichen Wein auf unsere Lampe.

Und dann, urplötzlich, stand der avvocato auf und ging ernst, wortlos und sehr aufrecht zu seiner um Stunden verspäteten Siesta.

Im ersten Jahr, als ich nach diesem schweren Mahl und der Zecherei erwachte, bangte mir etwas vor dem Augenblick, an dem ich später am Abend dem avvocato begegnen, Auge in Auge gegenüberstehen würde. Ich wußte doch nicht mehr vollzählig, was ich den Damen und ihm aufgetischt, was ich saftig aufgeschnitten, was alles ich bramabarsiert – wieviele Rosen wir in der Wüste hatten blühen lassen! Meine Freundin aber schlief, und wie ich sie kannte, schlief sie bis zum anderen Mittag, bevor sie mit diesigen Anspielungen auf Mondscheinblicke und Schiffchen aus Orangenblättern aufwachen und lange, aufmüpfige Songs singen würde, von denen sie zu genau ahnte, daß sie mich in den empfindlichen Stunden wandrasend machen konnten – und ja auch sollten.

Aber vorher kam er, mein padrone, am weißen Abend des ferragosto die Treppe seines alten Palazzo herab, seinen breitrandigen Strohhut auf dem Kopf, das Hemd aus der Hose, die falce, die sizilianische Sichel, in der Hand. Er sah mich ein wenig melancholisch auf dem Steinrand des Goldfischteichs sitzen und sagte im Vorbeigehen, nüchtern und begeistert:

- Signore, wir haben getrunken und geflunkert wie die Götter!

Dann kehrte er für dieses Jahr auf die Erde zurück und zu seiner Arbeit.

Zeit

In all den Jahren, die ich nach Agrigent fuhr, zum Mandelfest oder um die dorischen Tempel anzuschauen, auch die nie vollendeten und die erst vor ein paar Jahrzehnten wieder aufgerichteten Tempel, vom Athenefelsen, dem rupe atenea aus; oder den liegenden Giganten und die Marmorstatue eines Epheben, die Vasen, die Fragmente im neuen Museo Civico Archeologico; oder die antiken Gräber, die kleine gotische Kirche San Nicola; oder auch um weiterzufahren in den Vorort Villaseta, wo der Dichter Pirandello geboren wurde und eingeäschert liegt an einem Platz, der il caos heißt und hinter dem die Küste schroff abfällt zu den Schwefel- und Getreidemagazinen von Porto Empedocle, dem Hafen, hinter dem der scirocco das afrikanische Meer herpeitscht an die tragische Insel – in all diesen Jahren stieg ich in einem alten Hotel ab, das mir gut gefiel, weil es still und kühl war und weder prunkte noch pittoresk elendete, in dem auch der padrone etwas von Menschen und Wein und die schnurrbärtige Wirtin sehr viel von Tintenfischen verstand, in dem aber leider niemals, zu keiner Jahreszeit, der Aufzug funktionierte.

Im ersten Jahr dachte ich: Na ja, und trug mein Gepäck die achtundvierzig Stufen hinauf, und auch im zweiten Jahr beklagte ich mich mit keinem Wort. Aber im dritten Frühjahr, als an der kunstvoll geschmiedeten Gittertür noch immer das vergilbte, von Fliegen zahlreicher Generationen bekleckerte Schild hing: WIR BEDAUERN AUFRICHTIG, DASS DER AUFZUG NOCH NICHT WIEDER IN BETRIEB GESETZT WERDEN KONNTE!, da fragte ich den padrone doch einmal höflich, ob denn wirklich nichts zu machen sei, eine Reparatur zum Beispiel? Gewiß, die Handwerker heutzutage – eine triste Komödie mit hundert leeren Versprechungen, dem ewigen domani, morgen, ganz bestimmt morgen. Mit hemmungslosen Wortbrüchen, neuen Versprechungen, Schwüren bei namhaften Heiligen, düsterem Schweigen, Händeringen und Seufzern, die Finger auf dem Herzen. Schließlich fabelhafte Kosten allein schon für die Anfahrt, die erschöpfende Besichtigung des Schadens, der gästevertreibende Lärm, verläßlich ab morgens sieben, der Dreck, der noch jedes Dienstpersonal überlebte; gewiß, ich sei im Bilde, auch in Deutschland spiele sie en suite, diese langweilige, überquere Komödie mit verschobenem Anfang und ohne Schluß, schon manche Saison. Aber immerhin, dieser Aufzug in seinem schmalen, hohen, im übrigen vorzüglichen Hause müsse doch vielleicht nicht in alle Ewigkeit...

Der padrone hörte mich an und schwieg. Er schwieg lange und leiderfahren. Dann zog er den

Kopf in die Schultern, hob beide Handteller, streckte alle zehn Finger aus und sah mich mit seinem dunklen, klagenden Blick an:

- Signore! La guerra, la guerra mondiale, sagte er nur. Der Krieg, der Weltkrieg.

Wir schrieben das Jahr 1970, und die Amerikaner, die Engländer hatten Sizilien im Sommer 1943 im Handstreich genommen und la guerra mondiale wenigstens hier, in Licata, Gela, Noto, in Syrakus, Enna, Catania, Palermo und Messina beendet.

Der padrone ließ Schultern und Handteller wieder fallen und bot mir ein Glas Wein an, un vero vino siciliano, an seinem Schreibtisch, von dem aus er an besonders klaren Tagen, vor dem scirocco, Pantelleria sehen konnte und hinüber bis zur afrikanischen Küste, zum Cap Bon.

- Tunesien, signore! Lag da in der Nähe nicht Karthago, die größte Seemacht, die reichste Handelsstadt des Altertums, siebenhunderttausend Einwohner – was ist davon geblieben, das frage ich Sie, signore? Ja, la guerra, la guerra...

Ich wollte lachen und einwenden: Aber, cavaliere, was jenen anderen, unseren Weltkrieg angeht, der nebenbei, Gott weiß wie, auch Ihren Aufzug lahmgelegt hat: Er ist hier seit siebenundzwanzig Jahren vorbei.

Doch dann fiel mir einiges über la guerra mondiale wieder ein, und ich sagte, während wir unsere Gläser hoben:

- Ja, so lange ist das noch gar nicht her, cavaliere.

Post von der schönen Bäckerin

Ich erwartete mit kräftig zunehmender Nervosität die Druckfahnen meines neuen Romans »Stilleben mit Schlangen«. Sie kamen nicht, nicht in dieser Woche und auch nicht in der dritten darauf. Statt ihrer kam ein Telegramm meines Verlags: »Erbitten dringend Fahnen zurück!«

Ich ging hinab zur Post der Küstenstadt und bat in der Zustellung, doch einmal nachzusehen. Es könne ja immerhin... Nichts. Ich telegraphierte auf der Stelle nach Deutschland: »Fahnen noch nicht eingetroffen.«

Ich wartete. Nichts. Außer dem zweiten wilden Regen in vier Monaten, einem Seegewitter mit Wolkenbruch, das mich sechsunddreißig Stunden in ein gleißend graues Regenzelt einschloß und auf Bett und Weinflasche aufmerksam machte.

Nach fünf Tagen, als der Himmel wieder aufklarte und die flackernde Hitze zurückkehrte, traf aus Deutschland von meinem Verleger persönlich ein Blitztelegramm ein: »Erwarten dringend Fahnenkorrektur zurück! Erhebliche Mehrkosten der Druckerei gehen zu Ihren Lasten und verteuern Ihr Buch.«

Ich bot dem Briefträger, der auch das fuchtige Blitztelegramm mit dem Motorrad zu mir in die Berge gebracht hatte, ein Glas Wein an und fragte nach einer halben Stunde:

- Nehmen Sie mir den Text für ein Antworttelegramm mit zur Post, Elio? Ich habe zuviel getrunken und kann mich heute nicht mehr auf den Weg machen.

- Gern, signore. Aber ich weiß nicht, was es kosten wird.

- Sagen Sie Rocco am Schalter, daß ich es morgen bezahlen werde. Er kennt mich.

- Geht in Ordnung.

Ich schrieb auf ein Blatt Manuskriptpapier etwas mühsam, aber überraschend logisch: »Kann keine Fahnen korrigieren, da keine Fahnen angekommen sind.«

Der Briefträger trank sein Glas aus, stand auf und sagte:

- Wird noch heute erledigt, scrittore.

- Danke. Hier, das ist für ein Eis mit Schokolade. Grüße an Daniela.

- Grazie mille! Sie meinen bestimmt Elena, meine Kleinste. Ich bringe Ihren Text selber in das Telegraphenamt.

Er stieg auf sein Motorrad, gab machtvoll Gas und lächelte mir Trost und Vertrauen zu.

- Elio, sagte ich noch rasch in einer Erleuchtung des Weins, könnte es sein, daß Sie vor zwei, drei Wochen einmal einen Brief für mich hatten, der größer war als die anderen und wahrscheinlich in

einem gelben Umschlag steckte, einem blaßgelben Umschlag?
- Nein! sagte er entschieden und überlegte. Habe ich Ihnen den nicht zugestellt?
- Nein, Elio. In diesen zwei, drei Wochen nicht.
- Unmöglich! sagte er. Völlig unmöglich. Ich bin bekannt dafür, fast berühmt, daß ich...
- Ja. Aber ich habe den Brief nicht bekommen.

Er bot mir eine Zigarette an und ließ die Kupplung seines Motorrads spielen.
- Aber natürlich! rief er plötzlich und strahlte nach finsterem Nachdenken auf. Das war an dem Tag, an dem es bis mitten in die Hölle geregnet hat. Ich fürchtete, Ihr Brief würde naß werden, sogar in meiner Posttasche. Es regnete ja nicht, es goß, es schüttete wie vorigen Freitag. Ein Wolkenbruch, noch ein Wolkenbruch. Seit Menschengedenken, seit fünf Jahren mindestens hat es hier nicht so...
- Elio, wo ist der Brief denn jetzt? fragte ich, noch immer vom Wein in meinem Lebensvertrauen unterstützt.
- Ja, in der Bar doch.
- In welcher Bar?
- In der »Bar zum häufig wechselnden Papagei«, wo Sie Ihren Espresso trinken. Ihr Bier. Haben Sie den Brief denn nicht bekommen?
- Ich war seit einer Woche nicht mehr in der »Bar zum häufig wechselnden Papagei«.
- Schade. Pino hat jetzt einen Fledermauspapagei. Er spricht schon. Fast kann man ihn verstehen. Als Mensch. Und Don Federico ... Ich fahre sofort

dort vorbei, wenn ich Ihr Telegramm aufgegeben habe. Pinos Bruder ist übrigens verunglückt, in Deutschland, in Köln. Ein Daumen ab. Ich fahre jedenfalls noch heute...

- Nein, sagte ich, unvorbereitet wieder nüchtern, es ist wohl besser, wenn ich selber in Pinos Bar gehe.

- Heute noch? fragte Elio skeptisch.

- Ja, heute.

- Wie Sie wollen, rief er leicht verstimmt durch den Motorlärm und brauste durch die Bergkehre zur Nationalstraße 113.

Ich ging, doch mehr benommen, als ich hoffte, hinunter in die Stadt.

- Ein Brief für Sie? fragte Pino ratlos.

- Ja. Elio hat ihn vor zwei, drei Wochen hier für mich abgegeben, erklärte ich und löffelte ein Glas mit granita di limone, zerstoßenem Eis aus Zitronensaft. Ein großer, gelblicher Brief, signor Pino?

- Aber Sie waren so lange nicht hier, signore.

- Der Regen.

- Ja. Aber die Bauern brauchten ihn. Seit vier Monaten. Die Oliven fielen trocken und klein wie Erbsen von den Bäumen. Warten Sie, ich muß meine Aufwartefrau fragen.

Sie kam aus der Küche, wischte sich an ihrer Schürze die Hände ab und begrüßte mich anteilnehmend:

- Schlafen Sie jetzt besser, signore? Wie geht es der signora?

- Sie ist in Deutschland. Sie studiert.

- Das ist nicht gut! Ein Mann und eine Frau gehören zusammen.
- Ja, bestimmt.
- Kommen Sie mit Ihrer Arbeit voran? Mein Neffe, der ein grandioses Talent für die Malerei hat, behauptet immer...

Ich fragte wieder nach meinem Brief mit den Fahnen. Pino stellte mir einen amaro hin.
- Den Brief habe ich schon in der vorigen Woche der schönen Bäckerin gegeben, sagte sie rundheraus. In der vorvorigen noch eher.
- Der schönen Bäckerin?
- Ich dachte, wenn lo scrittore schon nicht zu mir kommt, um seinen Espresso zu trinken: Brot essen muß er. Außerdem, wer läßt die Sonne untergehen, ohne Ninetta gesehen zu haben?

Pino lachte herzlich; und ich versuchte es auch.

In der Bäckerei mußte ich wie immer warten und betrachtete die kleinen Brotlaibe, an denen der verliebte Geselle jeden Morgen in aller Herrgottsfrühe wie ein Bildhauer modellierte und ihnen hundert Formen gab. Ich betrachtete auch die schöne Bäkkerin. Sie war wirklich schön; lieblich, so ist es vielleicht besser ausgedrückt. Lieblich – falls ein Mann mollige Witwen Mitte Zwanzig mag, die ein Gesicht wie eine leicht verschlafene Madonna von Antonello da Messina haben, mit schweren Augenlidern, und die immer nach frischgebackenem Brot riechen.

Nach einer knappen halben Stunde waren wir endlich allein.

- Ihr Brief? fragte sie lachend. Wo haben Sie denn so lange gesteckt?
- Der Regen. Ich habe auch...
- Eine Herrlichkeit! Ich liebe den richtigen wilden Regen. Dann ist es hier in der Bäckerei nicht so höllisch heiß. Sie lüftete ihren schwarzen, leichten Kittel und lachte.
- Außerdem ist der Regen gut für die Haut. Und die Haut ist wichtig für die Liebe, signore! Sagt man.

Sie lachte, ließ ihre kleinen, glitzernden Zähne sehen, schloß halb die Augen und griff sich in das kurze dunkle Haar. Dann ging sie in die Backstube und kam mit einem großen, gelblichen Brief zurück.

Es war der Brief mit den Fahnen. Ich betrachtete den Poststempel. Er war drei Wochen alt, und ich sagte es ihr, ohne ein Blatt vor den Mund zu nehmen.
- La posta, la posta! sagte sie. Alles ändert sich in Italien, alles; schrecklich. Italien ist nicht mehr wie in guten alten Tagen...
- Sie sind vierundzwanzig, signora Ninetta!
- Ach, was zählen schon die Kalenderblätter? Es ändert sich wirklich alles, rasend schnell! Das Fernsehen, die Touristen, die Industrie... Nur unsere Post, die ist verläßlich, die bleibt, wie sie immer war: sie funktioniert nie! Und was macht's auch? Das Finanzamt...

Sie lachte wieder, und mir fiel nichts Besseres ein, als daß sie jetzt appetitlich wie ein mit Butter bestrichenes Mohnbrötchen aussehe.

- Oder ist es ein Liebesbrief? Von der signora? Dann ist es aber ein großer. Dio mio, was könnte da alles drinstehen – ein ganzer Roman.
- Es ist ein Roman! sagte ich und versuchte, ihr meine heikle Situation zu erklären.
- Ein Roman? Auf italienisch?
- Nein.
- Uffa! Dann kann ich ihn ja nicht verstehen.
- Vielleicht wird er ins Italienische übersetzt. Aber bestimmt nie, wenn ich keine Korrektur lesen und das Buch im Herbst nicht erscheinen kann.
- Ist das wichtig? fragte sie.
- Aber ja, dann ist die Buchmesse. In Frankfurt.
- Buchmesse, in Frankfurt? wiederholte sie und zog ihre runde Kinderstirn kraus. Ich glaube, es ist nicht wichtig! Es eilt nicht. Wenn Ihr Buch gut ist, und es ist bestimmt gut, scrittore, dann ist es ganz einerlei, ob es im Herbst oder zu Weihnachten erscheint oder in drei Jahren. Und schlechte Bücher, die brauchen überhaupt nicht zu erscheinen. Habe ich recht?

Es kamen neue Kunden. Auffallend häufig Männer, gesetzte Männer mit zwei Eheringen.

Ich wartete, bis wir noch einmal allein waren, und sagte:
- Ja, natürlich haben Sie recht.
- Ecco!

Sie schenkte mir eine Stange Brot, brach sie langsam in der Mitte durch, sah mir dabei spottlustig in die Augen, wickelte das Brot in braunes Packpapier und sagte:

- Sie müssen viel öfter dieses Brot essen, signore! Das bringt Sie auf Ideen.

Ich bedankte mich, drehte in der Tür den Kopf und fing, wie immer, das amüsierte Spiel ihrer braunen, lachenden Augen auf.

Dann ging ich zur Post und telegraphierte meinem Verleger in Deutschland: »Fahnen soeben bei der schönen Bäckerin abgeholt. Tue mein Bestes.«

Auf der Mole

Ein warmer Septembermorgen gegen zehn. Der leichte Wind treibt kleine Wellen rasch über das Meer. Ab und zu fliegt ein Schwarm Wassertropfen in die Höhe und sprüht auf die Mole. Der Himmel ist nur leicht bedeckt: durchlässige, weiße Wolkenschleier. Am Ufer glitzern nach einem Regen die Gärten. Am Berghang singen die Drosseln in den Zedern.

Ein paar Arbeiter sind dabei, unter dem Strand her eine Rohrleitung ins Wasser zu ziehen. Der Wind drückt eine Welle in den schmalen Graben. Sie klatscht gegen die Holzverschalung. Ein Arbeiter kühlt seinen Nacken.

Auf der Mole, außer mir, noch drei Personen: zwei giovanotti, junge Männer, und zwischen ihnen eine Frau. Sie liegen flach wie die Eidechsen auf den Steinen und lassen sich von der steigenden Sonne trocknen.

- Du, entschuldige: Wie alt bist du, Giulia?

- Ich weiß es nicht.

- Komisch: Die Frauen wollen nie über ihr Alter sprechen.

- Und ihr, sprecht ihr darüber?

- Ja, wir ja.
- Ihr müßt noch sehr jung sein.

Stille.

- Also, wann bist du geboren? Welche canzoni wurden gesungen in dem Jahr, Giulia?
- Ich erinnere mich nicht. Wirklich! Es ist schon viel Zeit vergangen.
- Mut! Heraus mit der Sprache.
- Aussage verweigert.
- Du stehst doch nicht vor einem Tribunal!
- Kommt mir aber so vor.
- Na gut, wechseln wir das Thema.

Einer der Rohrleger brachte jedem seiner Kollegen eine brioscia, in der eine dicke Scheibe Zitroneneis steckte. Die Arbeiter setzten sich in den Schatten einer zerbröckelnden Gartenmauer und frühstückten.

Stille.

Auf der Mole nahm der hartnäckigere der beiden giovanotti nach ein paar Minuten die Befragung wieder auf.

- Warum willst du uns nicht antworten, Giulia? Du bist doch noch nicht alt. Avanti!
- Ist es so wichtig für euch?
- Nein, aber...
- Mach ich zu sehr die Schwierige?
- Ja. Noioso, langweilig.
- Tut mir leid.

Die Jungen sprachen bald über etwas anderes miteinander. Dann rannten sie an den Arbeitern vorbei ins Meer und begannen, vor Vergnügen jauchzend, durch die leichte Brandung zu springen.

Die Frau blieb auf der Mole zurück. Sie steckte sich eine Zigarette an und befeuchtete mit der Fingerspitze die Muscheln im Mörtel zwischen den Mauersteinen. Die Muscheln leuchteten einen Augenblick farbig auf und wurden wieder glanzlos.

Ich faltete meine deutsche Zeitung zusammen, legte sie mir über den Rücken, stützte den Kopf in die Hände, und erst jetzt betrachtete ich die Frau, die drei Meter von mir entfernt lag, genauer.

Ein beweglicher, noch schlanker Körper. Die Haut in guter Verfassung. Lange, offene Haare, fast schwarz; ein paar graue dazwischen. Mitte Dreißig? Vierzig? Der Herzschlag, an einer Halsader abzulesen, ruhig, gleichmäßig. Die Augen hinter einer großen Sonnenbrille verborgen. Was für Augen? Voller Lebenshunger oder Augen, die in der Zukunft nichts, keine Hoffnung mehr sahen? Augen matt von Selbstmitleid; von einer nie gelebten Wirklichkeit? In sich gekehrte, scheue oder angsterfüllte Augen? Die Frau sollte endlich ihre Sonnenbrille abnehmen...

Ich gefiel mir nicht in der Rolle des stummen Beobachters und fragte:

- Warum haben Sie nicht einfach die Wahrheit gesagt, signora? Sie können es sich doch leisten.

Sie sah mich durch ihre Sonnenbrille an und versuchte kurz, dankbar zu lächeln.

- Grazie. Aber ich habe Angst, von diesen jungen

Leuten in den Kasten meiner Jahre eingesperrt zu werden! Sie sagte: nella cassa dei miei anni, und ich wußte, cassa hieß hier auch Sarg.

Stille.

Sie lächelte mir jetzt wirklich zu, leicht verschlagen wie eine Komplizin: Auch du kennst sie doch längst, die cassa deiner Jahre, hieß das.

Ich sagte nichts weiter, sah den Wellenreitern zu, verabschiedete mich bald und stieg an den Arbeitern vorbei, die das Abflußrohr tiefer ins Meer zogen, hinauf nach Gillazza, in meine Wohnung. Ich schloß die Fensterläden gegen die Sonne, knipste das Licht an und setzte mich an meinen Schreibtisch.

Doch an dem Tag schrieb ich nicht mehr als diese Skizze.

Das vierzehnte Kind

Als 1973 in Neapel kurze Zeit die Cholera ausbrach, ihre Opfer forderte, und es als erwiesen galt, daß sie durch verseuchte Muscheln eingeschleppt worden war, stand zu befürchten, daß die Seuche, die man schon für immer aus Europa verbannt wähnte, auch nach Sizilien übergreifen werde – oder überhaupt aus Sizilien gekommen sei.

»Noi resistiamo onestamente al male«, wir widerstehen dem Leiden ehrenhaft, erklärte ein Abgeordneter aus Palermo in der auch auf dem Kontinent bekanntesten sizilianischen Tageszeitung.

»Aber womit, mit Hilfe welcher Medikamente?« fragten die Leser vom Festland.

»Medikamente? Wir haben unseren Wein, unsere Oliven, unsere Limonen – bessere Vorbeugungsmittel gibt es nicht!« antworteten wie aus einem Mund die sizilianischen Bauern und Händler.

Die Schreckensnachrichten verklangen wieder. Doch dann hieß es plötzlich, Spezialeinheiten der italienischen Kriegsmarine kreuzten im Tyrrhenischen Meer, um auch an den Küsten Siziliens, wie im Golf von Neapel, wo viele Familien dadurch ihr tägliches Brot verloren hätten, die schandbar verdächtigten – Judas weiß, von welchen Konkurrenten – Muschelbänke zu zerstören.

Am Abend dieses aufwühlenden Tages sah ich einen sizilianischen Fischer vor der gegen den Staat aufgebrachten Menschenmenge und den carabinieri, die sie unter Kontrolle zu halten suchten, sich das rohe Fleisch seiner Muscheln in den Mund stopfen und mit einem Gesicht, das voller Verzweiflung und Wut war, in die Gesellschaft schreien:

- So! Ehe ich vor Hunger sterbe, wollen wir sehen, ihr mangiadori, ihr Goldfresser droben in Rom, ob ich heute nacht an diesen Muscheln krepiere – oder meiner Frau das vierzehnte Kind mache!

Die Falle

In einem elenden Vorort Palermos sah ich aus dem Wagen öfter, noch ehe die Stände der Melonenverkäufer und der Orangenhändler auftauchten, Kinder über einer Straßenkehre stehen, von der aus ein stumpfer Winkel mit ein paar Büschen sich zum Meer vorschob; und manchmal, vor allem in der Dämmerung, parkten dort auch vereinzelt Personenwagen.

Die Kinder winkten den Autofahrern und boten Blumensträuße feil. Je nach Jahreszeit Mimosen, Mandelblüten, Flieder, Rosen, Jasmin, Nelken. Es waren drei Kinder, immer dieselben: zwei Jungen, etwa sechs und neun Jahre alt, und ein halbwüchsiges Mädchen, vielleicht vierzehn, von sofort auffallender, etwas roher Schönheit, das mich jedes Mal an eine kleine Bettlerin erinnerte, deren diebische Tricks auf dem Bahnhof in Mailand, schon im »Metropolitano« nach Köln, ich erst im letzten Augenblick durchschaut hatte.

Ich stoppte immer kurz an dem bebuschten Winkel, mußte es der Straßenverhältnisse wegen, und betrachtete die drei Kinder mit ihren herrlichen Blumensträußen, vor allem aber das Mädchen. Es lächelte mir auf eine scharf anlockende Weise zu, obszön und kindlich. Ich hielt nie länger, als es notwendig war.

Bis ich eines Abends in der primavera siciliana, im sizilianischen Frühling, einen deutschen Wagen vor mir stehen sah, einen blauen BMW mit dem Kraftfahrzeug-Kennzeichen ER. Der Wagen stand nicht auf der Straße, sondern seitab, in dem Winkel über dem Meer, und steckte offensichtlich in einer Klemme.

An diesem Märzabend waren aber nicht nur die drei Kinder da mit ihren Blumensträußen, sondern auch drei Männer und eine aufgeschwemmte Frau in einem schwarzen, verwahrlosten Kittel. Die vier Erwachsenen kreisten den deutschen Autofahrer ein, den sie aus seinem Wagen gezerrt hatten, und beschimpften ihn laut und unflätig, in einem wüsten Gemisch aus Italienisch und Deutsch, wobei drei Wörter verbissen wiederkehrten: »Schwein! Carabinieri! Ucciardone!« Ucciardone, das war das große, grauenhafte Zuchthaus in Palermo.

Einer der Vorstädter, ein junger, halbseidener Geck, hieb plötzlich auf den Mann aus dem BMW ein, geriet aber nach einem ersten, bösartigen Überraschungshaken an die falsche Adresse. Der stämmige, grauköpfige Mann aus Mittelfranken schlug den Angreifer zu Boden. In diesem Augenblick riß der zweite Sizilianer, vielleicht der Vater der Kinder, ein Messer aus der Hosentasche, ließ es aufspringen und kauerte sich wortlos vor den

Deutschen. Die schwarze Frau warf die Hände vors Gesicht und schrie:

- Vergogna! Was für eine Schande! Beim Blut des Judas! Was für eine Schande!

Der dritte, älteste der Sizilianer machte sich auf den Weg zur nächsten Bar, um die carabinieri herbeizutelefonieren, kam aber nach ein paar Schritten zurück und fiel in die rasenden Beschimpfungen, die blutigen Drohungen seiner Leute ein.

Der Deutsche stellte sich mit dem Rücken zu seinem Wagen und keuchte außer Atem:

- Ihr Schweinehunde! Ihr mafiosi!

Er sprach nicht eindeutig fränkisch oder bayrisch; aber in dem Geschrei kam ich auch nicht darauf, mich zu fragen, woher er sonst stammen könnte, und verstand von seinen Flüchen nicht viel mehr als von den Verwünschungen, Klagen und Drohungen der wutentbrannten Familie, zumal meine Aufmerksamkeit wieder ganz von dem Mädchen gefesselt wurde, das schluchzend auf einem Gitter über dem Meer saß und doch mit so viel Lust und Raffinesse diesem Tumult beiwohnte, daß ich sicher war: Sie hat das Drama nicht zum ersten Mal gehört und gesehen, macht es nicht zum ersten Mal mit! Die beiden Jungen standen wie zwei kleine Zuhälter neben ihr und taxierten kalt und heimtükkisch das wahrscheinliche Ergebnis.

Es waren nicht mehr als zwei Minuten der Szene in meiner Anwesenheit vergangen, und die wenigen Autofahrer, die vorbeikamen, rollten ohne Interesse weiter.

Ich stieg aus und fragte auf italienisch:
- Was ist hier los?

Die Frau stürzte auf mich zu, während der alte Mann erneut nach dem nächsten Telefon rannte, noch einmal umkehrte und wiederholte, lamentierend und tobsüchtig, was ich mir allmählich schon zusammengereimt hatte:

- Signore! Dieses Schwein, Ihr Landsmann, kommt hierher zu uns, als Gast nach Palermo – und während meine Tochter, ein Kind noch, Sie sehen es ja, ein zwölfjähriges Kind und unschuldig, beim Herzen der Madonna so unschuldig wie eine Neugeborene, während meine Stelluccia ihm ihre Blumen verkaufen, fast schenken will, damit wir unsere Armut überleben – signore, da zieht sie dieser brünstige libertino in sein Auto und will sich an ihr, an ihrer Jungfräulichkeit vergreifen! Hätte nicht der Zufall uns hierhergerufen, der Zufall und mein Gefühl, das Gefühl einer liebenden Mutter, mich und auch ihren Vater, meinen Mann, seine Brüder...

Ich unterbrach ihren Redeschwall und begann, dem Mann aus Erlangen oder Umgebung, der verschwitzt und rot war vor Wut und Angst, zu übersetzen, was ihm hier vorgeworfen wurde; aber er hatte längst genug verstanden, wußte, um was es ging, und brüllte:

- Diese kleine Hure ist zu mir in den Wagen gekrochen, als ich ihr aus Mitleid ein paar Blumen abkaufen wollte – und sonst war da gar nichts! Das ist doch alles verlogenes Gesocks!

- Sie haben vier Zeugen gegen sich, sagte ich. Ohne die Kinder.

- Saupack! Wir pumpen Milliarden in dieses verrottete Land, damit die jeden Tag auf unsere Kosten Weihnachten feiern können. Und Sie? Sie werden mir doch hier heraushelfen? Ich muß das Schiff nach Genua erreichen. Übermorgen hab' ich Geschäfte in München. Erhebliche Geschäfte.

- Sie sollten vorher noch Ihren Hosenlatz schließen, sagte ich.

Er knöpfte sich zu und polterte:

- Das hat diese kleine Schnepfe gemacht! Die ist doch eine geborene Hure.

- Schwer zu glauben, daß es gegen Ihren Willen geschehen ist.

- Ich dachte, das ist eine Art Kinderstrich hier, erwiderte er und versuchte zu grienen. Ich merkte erst jetzt, daß er gar keinen Dialekt mehr sprach.

- Kinderstrich? Ja, vielleicht haben Sie recht.

Er bot mir eine Zigarette an und sagte:

- Nun behaupten Sie bloß, dieses kleine Luder da läßt Sie kalt.

- Nein, sie läßt mich nicht kalt.

- Na also. Spielen Sie bloß nicht den Säulenheiligen. Das nimmt Ihnen doch keiner ab.

Ich ging zu dem ältesten der Sizilianer, die uns noch immer lauernd umstanden und dabei versuchten, mitzubekommen, was wir auf deutsch sprachen. Ich sagte:

- Wenn ich Sie richtig verstanden habe, kosten die Sträuße fünfzigtausend Lire das Stück?

- Hunderttausend, signore. Sein schiefes Lachen war dem Lachen meines Landsmanns erstaunlich ähnlich. Es sind ganz frische Blumen, signore!
- Fünfzigtausend. Der Carabiniere-Hauptmann Marconi spielt manchmal mit mir Schach. Ich könnte ihn nach Ihren »Blumen« fragen und nach ein paar anderen Dingen.
- Nun also, fünfzigtausend. Der Rest ist ein kleines Geschenk für Sie, signore.

Ich nahm einen der Sträuße, Mimosen und Mandelzweige, ging zu dem Mann aus Mittelfranken und sagte:
- Hören Sie: Diese Leute werden jeden Eid schwören, daß Sie sich an dem Mädchen vergreifen wollten...
- Das ist doch nur Dreck, Abschaum!
- Ja, »Abschaum« der Slums hier in Palermo, Europa. Das Mädchen ist zwölf, und daß Sie nicht ganz, nun, sagen wir, nicht ganz uninteressiert waren an ihr, konnte ja auch ich noch sehen.
- Ach, so ist das. Sie stecken mit dem Pack unter einer Decke! Was suchen Sie überhaupt hier in Sizilien – Drogen?
- Reden Sie keinen Unsinn, Mann. Wenn Sie Pech haben, werden die carabinieri Ihnen kein Wort glauben, und das kostet Sie viel Nerven und viel Geld. Ihr Schiff nach Genua und Ihre erheblichen Geschäfte in München können Sie dann mit Sicherheit vergessen.

Er überlegte und fragte verächtlich:
- Wieviel wollen Sie haben, Sie Zuhälter?

- Nichts, sagte ich so ruhig wie möglich. Aber diese Leute wollen fünfzigtausend Lire.

Er sah auf die Uhr, notierte sich meine Autonummer und gab mir die fünfzigtausend Lire.

Ich brachte sie dem ältesten der Sizilianer.

- Grazie, signore! Was ist Ihr Anteil, sagen wir...

- Nichts.

- Grazie mille! Wenn Sie mich oder die Blumen wiedersehen wollen – sempre al vostro servizio, gern stets zu Ihren Diensten.

- Ihr Schiff nach Genua legt um fünfzehn Uhr ab, sagte ich zu meinem Volksgenossen.

- Das weiß ich selber.

- Ich werde bis zur Mole Vittorio Veneto vorausfahren.

- Ich brauche Sie nicht! Denken Sie, daß ich dieses dreckige Geschäft hier nicht durchschaut habe? Sauber. Sie werden noch von mir hören!

- Das glaube ich nicht.

- Und was ich von Italienern halte, habe ich schon immer gewußt: keine müde Mark mehr über den Brenner!

Er tat mir plötzlich leid, und ich sagte:

- Es ist trotzdem besser, daß ich Sie zur Mole bringe. Sonst könnte bald ein Rudel Kinder auf Ihrem Wagendach sitzen und Sie von einem Ende Palermos zum anderen lotsen. Ein beliebtes Spiel hier.

- Mit denen werde ich schon fertig, und wie!

- Während Sie hinter den ersten beiden herrennen, plündern Ihnen die anderen den Wagen aus. Und

Ihr Schiff nach Genua ist schließlich doch weg. Ohne Sie.

Er überlegte und murmelte:

- Fahren Sie vor. Vielleicht tue ich Ihnen ja auch unrecht.

Im Hafen, auf der Stazione Marittima, sagte er zu mir noch, was ich erwartet hatte, und er sagte es kleinlaut:

- Offen gestanden: Es wäre mir nicht angenehm, wenn etwas von der Geschichte durchsickerte. In der Bundesrepublik.

- Ich weiß. In der Hinsicht haben Sie nichts zu befürchten.

- Von Ihrer Seite vielleicht nicht. Aber wenn diese Verbrecher versuchen, mich zu erpressen? Die haben ihre Typen doch längst auch bei uns eingeschleust.

- Zu der cosca gehören sie nicht.

- Was ist cosca?

- Sagen wir auf gut deutsch: gang. Ich bin mir ziemlich sicher, daß es in ihrem Interesse liegt, nicht allzu aktenkundig zu werden mit ihrem Lockvogel.

- Mafiosi!

- Keine mafiosi. So operieren die nicht. Das Mädchen ist wahrscheinlich ihr einziges Betriebskapital.

- Na, hoffentlich haben Sie recht. Aber eines möchte ich gern noch wissen: Welchen Beruf haben Sie?

- Schriftsteller.

- Ach so. Links natürlich?

- Ist das so »natürlich«? Oder wird man es unter Umständen? Unter den Umständen hier, zum Beispiel?
- Kommunist?
- Nein.
- Geben Sie mir für alle Fälle Ihre Adresse?
- Ja.
- Ich bin nicht ohne Einfluß daheim.

Ich lachte, und er fragte, sofort wieder gereizt:
- Warum lachen Sie? Es stimmt.
- Der Satz, oder sagen wir genauer: Die »einflußreiche Persönlichkeit« spielt auch hier in Sizilien eine bestimmte und bestimmbare Rolle.

Er schwieg und sagte dann noch einmal:
- Vielleicht habe ich Sie wirklich falsch eingeschätzt.
- Kann sein.

Als ich in der Dämmerung aus Palermo zurückkam, standen die drei Kinder, sichtbar nur die Kinder, wieder mit ihren Blumensträußen in dem bebuschten Winkel zwischen Straße und Meer. Das Mädchen erkannte mich sofort, und als ich nahe vor ihm stoppen mußte, lächelte es, hob ganz kurz den Rock und steckte den Daumen in den Mund.

Ich fuhr weiter.

Mir war nicht wohl in meiner Haut. Ich spürte, daß ich etwas falsch gemacht hatte. Aus Widerwillen gegen die Überheblichkeit und den Zynismus meines Landsmanns? Aus schierer Feigheit? Aus

Ambivalenz? Oder längst angesteckt von der historischen Krankheit Siziliens: dem achselzuckenden Hinnehmen der Dinge, wie sie nun einmal sind, dem fatalismo siciliano?

Auch ich war in eine trappola, eine Falle, aber anderer Art, geraten.

Der Amerikaner

Signor Ravanello. Ein kleiner, eleganter Mann, weit über siebzig. Mit einem rosigen Kindergesicht. Er saß schon morgens um acht auf einem der bunten Plastikstühlchen vor der ersten Bar, die geöffnet hatte, trank einen Whisky-Soda und wartete auf einen Partner für ein Gespräch. Eigentlich nur auf einen, der ihm zuhörte. Jeder in der Küstenstadt nannte ihn kurz: l'americano, den Amerikaner.

Er saß da auf dem unsoliden Stühlchen, ein Bein über das andere geschlagen, wippte mit dem schwebenden Fuß, schob seinen Panamahut ins Genick, sah die Straße hinauf und hinunter, hob ab und zu die Hand, als wolle er einen der Passanten stoppen, nahm einen Schluck und probierte, ob er sein erstklassiges, zu großes Chronometer wenigstens eine Umdrehung weiter aufziehen konnte.

Die Bauern, die auf ihren Maultieren zu weit entfernten Feldern ritten, die Maurer, die auf das Stahlgerüst des neuen Kinos kletterten, die Fruchthändler, die Fischer, die Schulkinder, alle grüßten ihn; aber keiner blieb stehen, niemand setzte sich zu ihm an das wackelige Tischchen, niemand rauchte eine Camel mit ihm. Nur der Bettelmönch, und der auch nur ein paar Züge; nur so lange, bis er sein Almosen, ein reichliches Almosen, bekommen hatte.

Der Wirt fegte den Boden seiner Bar und schüttete einen Eimer Wasser darüber. Er schielte durch die Vorhänge aus bunten Plastikschnüren auf die Terrasse, wo signor Ravanello, der Amerikaner, an seinem Tischchen saß und wartete. Doch es kam kein zweiter Gast, und der Amerikaner bezahlte seinen Whisky-Soda und legte ein zu hohes Trinkgeld darauf. Und dann ging er weiter, mit seinem Spazierstöckchen aus echtem Rohr, ging um die Ecke zur nächsten Bar, die eben öffnete, und bestellte sich einen Whisky-Soda, saß da unter der himmelblauen Markise und wippte mit dem schwebenden Fuß.

Manchmal ließ er sich eine Zeitung, »Il Giornale di Sicilia« oder »Il Corriere delle Madonie« bringen; doch er legte das Blatt bald kopfschüttelnd weg und wartete. Er wartete auf jemanden, dem er noch einmal von Amerika, den United States of America, von San Francisco oder Frisco, wie er sagte, erzählen konnte. Da hatte er fünfzig Jahre gelebt. Fünfzig Jahre! Als halbverhungerter Backsteinfuhrmann war er aufgebrochen aus diesem alten, griechenalten Küstennest, in dem er nun wieder seit vier Jahren hockte – und wartete. Nach fünfzig Jahren war er heimgekehrt, ein gemachter Mann, gemessen an seinen Schulkameraden, die freilich fast alle nicht mehr lebten bei diesem

Klima, in dieser Armut. Ein Mann mit fünfzigtausend Dollar auf der Bank – für jedes seiner amerikanischen Jahre tausend Dollar. Ein Mann mit einem fabelhaften, goldenen Chronometer, einer der genauesten Uhren der Welt, am Handgelenk. Mit drei Ringen, deren Zitrine blitzten, wenn er sie an seinem Flanellanzug mit den braunen Nadelstreifen rieb. Ein Mann, der einen kolossalen, fast neuen Wagen, einen Chrysler, in der Garage seines Hauses stehen hatte. Einen Chrysler, den er aber nicht mehr fuhr, seit er vor zwei Jahren eines Abends ins Schaufenster eines Metzgers geraten war, nach dem neunten Whisky-Soda oder nach dem zwölften.

Ein betagter, wohlhabender Mann also, signor Ravanello, das »Radieschen«. Ein Witwer, der seit vier Jahren durch das alte Steinnest am Tyrrhenischen Meer zog, jede Stunde einen Whisky-Soda trank, genau kontrolliert auf dem unglaublich pünktlichen Chronometer; und der die ganze Zeit auf einen Menschen lauerte, dem er von seiner amerikanischen Vision erzählen, dem er sein Herz ausschütten konnte. Aber außer ein paar Süffeln, die er nicht mochte, hörte ihm niemand mehr zu.

Sie, die anderen, die Bauern, die Maurer, der Bettelmönch, die Fischer, der Metzger, die Wirte wußten längst, daß in Frisco oder wie das riesige manicomio mit seinen drei Millionen Narren hieß, die Autos noch größer waren als in Neapel, Rom, Mailand und in mörderischen Herden immer im Kreise rasten; daß die Häuser wahrhaftig die Wolken kratzten; die Straßen in den Städten breit waren wie die autostrada von Palermo nach Catania, die erst noch zu Ende gebaut werden mußte; die Flüsse aber wie der stretto di mare zwischen Villa San Giovanni und Messina. Sie hatten zu oft gehört, daß die Warenhäuser alle Dinge der via Maqueda Palermos auf einem Stockwerk unterbringen konnten, die Huren goldene Höschen trugen; daß oft jede Stunde ein Mord geschah, die Flugzeuge so dicht in der Luft umherflogen wie die zanzare, die Moskitos, in der feuchten Dämmerung; daß die Zeitungen dick waren wie Telefonbücher und die amerikanischen Frauen sich dreimal am Tag in Badezimmern, groß wie ein Salon, von Kopf bis Fuß wuschen – sie wußten das alles schon zu lange und fingen an zu gähnen, ohne auch nur die Hand vor den Mund zu halten.

Eines Tages, vor zwei oder drei Jahren, hatte ein Uhrmacher plötzlich zu signor Ravanello gesagt:
- Das ist ja alles wie in den amerikanischen Filmen.

Seit dieser Zeit interessierten sie die Erzählungen aus Frisco nicht mehr, sahen sie sich lieber gleich einen Hollywoodfilm an; oder schließlich doch einen italienischen, einen mit Totò oder Alberto Sordi; oder einen mit Claudia Cardinale und Marcello Mastroianni.

Das war für einen Menschen mit epischem Gedächtnis und offenem Herzen schlimm. Seine letzten, immer entfernteren Verwandten kümmerten sich selbstverständlich weiter um ihn, wuschen seine Wäsche, nähten seine Knöpfe an, machten ihm sogar ham and eggs. Und seine Geschenke für sie wurden immer großartiger, seine Worte immer flackernder, seine Whisky-Sodas immer zahlreicher. Schließlich wankte er schon am hellichten Tag über den corso Ruggero, nahm die Bauern, die Fischhändler, den Straßenfeger am Hemdknopf und lallte:

- In Frisco drüben, du mußt dir vorstellen...

Kein Mensch nahm ihm seinen Rausch oder sein Geflenne – denn er weinte jetzt oft – übel. Nein, sie sagten nur:

- Trink Wein, americano! Oder fahr nach Palermo zu den Engeln der Nacht, wenn du noch eine Fakkel in der Hose hast.

Oder sie gingen einfach ernst an ihm vorbei, gingen ihrer Arbeit, ihrem Hunger, ihrer Liebe, ihrer Ironie, ihrer Krankheit, ihrer Hoffnung nach.

Signor Ravanello aber blieb auf dem corso Ruggero stehen, allein, warf die Hände in die Luft, lallte, redete: mit seinem Herzen, seinem Kopf voller Erinnerungen, die er mit niemandem mehr teilen konnte.

Es stand schlimm um den americano, als ich im November, als der große Regen einsetzte, heimfuhr nach Deutschland. Es würde wahrscheinlich bald keine Geschichten mehr geben um das »Radieschen«; keine aus Frisco und schließlich auch keine mehr aus dem alten Fischernest an der Küste des Tyrrhenischen Meers.

Und dann gab es doch noch eine, und für kurze Zeit stieß der americano noch einmal auf Interesse.

In L., Westfalen, las ich nach Weihnachten in der Lokalzeitung seinen Namen, seinen wirklichen Namen: Sebastiano Bonaspetti, genannt Ravanello, das Radieschen.

Mit nüchternen Worten stand da eine Notiz »Aus aller Welt«: Ein fast achtzigjähriger Mann aus C., Provinz Palermo, Sizilien, hatte um eine Achtzehnjährige in einem Nachbardorf gefreit, war von dem Mädchen auch erhört worden, hatte sein nicht unbeträchtliches Vermögen, man sprach von einhundertachtzigtausend Mark, am Hochzeitstag in Dollar von der Bank abgehoben und sich auf den Weg zu seiner Braut gemacht, zu Fuß; schon morgens um fünf, um nur ja rechtzeitig zu seiner Trauung zu kommen. Er war zwei Stunden später von einem Bauern hinter einer Hecke an der Straße aufgefunden worden, erschossen mit einer lupara, einer Wolfsflinte, und bis auf den letzten Dollar ausgeraubt. »Teuer bezahlte Liebe« stand über der Zeitungsnotiz.

Als ich im Frühjahr zurückkehrte in die Madonie, sprach niemand mehr von signor Ravanello, dem americano. Es gibt in Sizilien so viele Liebesabenteuer, auch sonderbarer Natur, und so viele Morde. Der Tod steht im Schatten jeder sizilianischen Mauer, eine Geranie im Mund. Und es gibt so viel Hunger, Elend, Mühsal – das Leben geht weiter, und es geht rasch weiter, rasch und vergeßlich.

Aber später, im September, zu vorgerückter

Stunde in der »Bar zum häufig wechselnden Papagei«, vor der signor Ravanello in den vier Jahren oft gesessen und auf einen Menschen gewartet hatte, fragte ich doch einmal vor dem allerletzten Glas nach dem americano. Ich fragte einen beleibten, immer schwitzenden Zeitungshändler, der mit dem Wirt neben dem Billardtisch saß und sich ausruhte.

- Wollen Sie un romanzo, einen Roman über signor Ravanello schreiben, scrittore? fragte er lachend und ausweichend.

- Nein.

- Also dann: Warum fragen Sie?

- Es hat ein schlimmes Ende genommen mit signor Ravanello, und ich habe heute abend in dieser Bar an ihn denken müssen und mich wieder gefragt, wer den americano umgebracht haben könnte, sagte ich grübelsüchtig und gesprächig nach zu viel Wein.

- Natürlich haben sich diese Frage damals eine Menge Leute gestellt, scrittore, antwortete der Zeitungshändler und bot mir eine Zigarette an. Nicht nur die carabinieri und der Staatsanwalt. Es hat auch die üblichen anonymen Briefe gegeben, ganze Schwärme. Chiacchierate, Geschwätz! Es ist nichts dabei herausgekommen, niente, nulla. Bei fünfundvierzigtausend Dollar können es zu viele gewesen sein.

- Wer?

- Denken Sie einmal nach, scrittore, sagte der Zeitungshändler und lachte wieder.

Ich hatte einen halben Winter und den ganzen

Sommer oft darüber nachgedacht; jetzt strudelte der Wein meine Gedanken umeinander.
- Es ließe sich da ein ganzes Nest Geschichten ausbrüten, sagte ich möglichst hintersinnig.
- Ihr Beruf! Der Zeitungshändler bestellte uns noch einen Wein. Ein schlimmes Ende, sagten Sie? Da bin ich – mi scusi! – anderer Meinung. Signor Ravanello, der americano, hat ein ausgedehntes, glückliches Leben gehabt...

Ich wollte Zweifel anmelden, doch er unterbrach mich energisch:
- Der americano hat in seiner Jugend Armut erlebt. Es ist wichtig, Armut zu erleben, und es ist gut, sie in der Jugend zu erleben. Der americano ist ausgewandert, ein Schicksal, das er mit vier Millionen Sizilianern teilte. Im Gegensatz zu vielen anderen hat er die Welt gesehen, hat er Arbeit gefunden und ist zu Geld gekommen, sogar in Dollar. Der americano ist gesund und reich in seine Heimat zurückgekehrt. Er hat den Whisky genossen – obwohl ich daran zuerst merkte, daß er vergessen hatte, vollständig vergessen, was Wein, was Sizilien ist. Der americano hat sich die Engel der Nacht in Palermo leisten können. Der americano hat noch einmal das Feuer in seinem Blut gespürt – mit fast achtzig Jahren, scrittore! Er hat eine Braut gefunden, eine Braut wie eine Orangenblüte...
- Das Mädchen war nur ein Lockvogel, murmelte der Wirt, und ich bekam unter dem Tisch einen Fußtritt, der bestimmt nicht mir gegolten hatte.
- Dem americano ist sodann erspart geblieben, was

ihm nicht einmal die Madonna hätte ersparen können, wenn er diese achtzehnjährige fanciulla wirklich geheiratet hätte: Hörner – oder Langeweile! Und tausend Sorgen um sein Geld. Der americano ist mit wollüstigen Gedanken und außerhalb des Hospitalbetts gestorben, einen kurzen Tod – und da reden Sie von einem schlimmen Ende? Ich verstehe Sie heute abend nicht, scrittore. Wir sollten eine Grappa trinken.

- Ich glaube, signor Ravanello war die ganzen fünfzig Jahre in San Francisco und die letzten vier Jahre hier ein einsamer Mann, sagte ich und spürte, wie die Grappa mich auf der Stelle niederschlug.

Der Zeitungshändler trank einen Schluck und schwieg ein paar Augenblicke. Sein fleischiges Gesicht wurde finster und straffte sich.

- Einsam? Nein, sagte er und trank sein Glas aus. Sein Mörder, der ist einsam. So einsam wie Gott.

Der Wirt war eingeschlafen, wachte bei diesen Worten aber sofort auf und bekreuzigte sich.

- Kommen Sie, ich begleite Sie nach Hause, scrittore, sagte der Zeitungshändler, stand entschlossen auf und bezahlte. Wir gehen noch ein Stück am Meer entlang. Sie haben sonst die falschen Träume.

- Und Sie? fragte ich und versuchte, tief und ruhig zu atmen.

- Ich träume nie, murmelte der Zeitungshändler, schwieg, nahm meinen Arm und sagte lächelnd: Darf ich Ihnen einen Rat geben, scrittore, einen freundschaftlichen Rat? Sie sollten nicht über den americano schreiben. Es bekommt Ihnen nicht.

Eine glückliche Nacht

Der Expreß, die »Conca d'Oro« aus Mailand-Rom - Napoli - Villa S. Giovanni - Messina und Sant' Agata di Militello, kam auch nach zwei Stunden Verspätung noch nicht an. Nichts Außergewöhnliches. Die Menschen auf dem Bahnsteig, die ihre Verwandten, ihre Freunde abholen wollten, setzten sich unter den Schirm der riesigen, alten Pinie auf die Zementbänke, rückten dem Schatten nach, wenn die Sonne weiterwanderte, und fächelten sich mit der Zeitung ein wenig Luft zu; oder sie holten sich einen Becher Fruchteis; sie reinigten ihre Fingernägel oder sahen den Flugspielen der Schwalben zu.

Manchmal ging ein Mädchen den Bahnsteig auf und ab, ein unruhiges Mädchen, dem das Kleid zu heiß wurde. Die älteren, schwarzen Frauen seufzten. Die Männer hoben das Kinn, wenn das Mädchen vorbeikam, und schnippten ihre Zigarettenstummel über die Geleise.

Der Bahnhofsvorsteher kam aus seinem Büro, schob seine Mütze ins Genick und ging über den Bahnsteig dem Mädchen nach.

- Noch vierzig Minuten, signorina! sagte er. Sein

Hund blieb im Schatten sitzen und schlug mit dem Schwanz auf die Zementplatten.

Ein Soldat hielt seinen Mund über den sprudelnden Wasserstrahl zwischen dem üppig blühenden und verstaubten Oleander in den Zementkübeln und las dann noch einmal die »Gazetta dello Sport«. Schließlich faltete er einen Admiralshut aus der rosafarbigen Zeitung und setzte ihn sich statt der Mütze auf den Kopf. Er lächelte dem Mädchen zu, aber das Mädchen antwortete nicht auf das Signal und ging unruhig weiter auf und ab.

Manchmal kam jemand aus dem Schatten, beugte sich über das erste Geleise, sah in Richtung Santa Stefano di Camastra und setzte sich seufzend wieder auf die Einfassung eines verwelkten Geranienbeets neben den Priester, der in seinem Brevier las und nur gelegentlich aufsah nach Osten, sorgfältig ein Taschentuch mit einem schwarzen Rand aus seiner Soutane nahm und sich den Nacken trocknete.

Ich blieb im scharfen Schatten des Bahnhofsgebäudes stehen, als die »Conca d'Oro« vor dem letzten Tunnel Signal gab, hinter den Felsen am Meer pfiff und dröhnte und dann, fast drei Stunden verspätet, einlief. Die Lokomotive kam direkt neben mir zum Stehen, zischte fuchtig, der Beimann im Führerstand wrang sein Unterhemd aus und spuckte auf den Bahnsteig.

Ich sah meine Freundin mit zwei schweren Koffern aus dem letzten Wagen klettern. Der Soldat, der vor einer halben Stunde so inbrünstig Wasser getrunken hatte und jetzt weiterfuhr nach Palermo, half ihr, und ich beeilte mich.

Schon von weitem sah ich, daß Carolin weinte. Ihr Gesicht war verquollen und schmutzig von langen Tränen, und ich erschrak und dachte: Was hat sie? Was ist ihr geschehen auf der langen Reise von Bremen hierher? Ich ging schneller, und dann lief ich auf sie zu.

Wir umarmten uns, aber Carolin hörte nicht auf zu schluchzen und brachte kein Wort heraus, und ihre Augen waren entzündet. Ihr Gesicht zuckte, und sie schlug mir wütend gegen die Brust und küßte mich mit zitternden Lippen und hilflos.

- Was ist los? fragte ich und steckte ihr eine Zigarette an. Was ist passiert, Carolin?

Sie heulte lauter und rauchte und versuchte zu lächeln.

- Sie haben mich beklaut! Mein Portemonnaie haben sie geklaut. Diese Scheißitaliener! sagte sie laut.

- Wo? fragte ich und nahm ihre beiden Koffer auf.

- In Mailand, auf dem Bahnhof! Ich will hier nicht bleiben, in einem Land, wo man beklaut wird, kaum daß man hinter der Grenze ist. Was suchst du nur immer hier? Komm, wir fahren heute nacht noch zurück nach Deutschland. Ich halte schon durch, wenn ich hier nur wieder herauskomme! Diese Scheißitaliener, dieser liebliche Abschaum des Mittelmeers ...

- Hier sind wir in Sizilien.

- Na und, klauen die etwa nicht? Vor zwei Jahren in Palermo...
- Wir sind hier nicht in Palermo, in einer halben Stunde sind wir in den Madonie und in Gillazza. Da hat uns noch niemand etwas weggenommen, aber viele haben uns viel geschenkt.

Ich trug die Koffer auf den Ausgang zu und fuhr fort:
- Darüber kommen wir doch weg, Carolin! Jetzt mußt du erst mal schlafen, nach den sechsunddreißig Stunden im Zug. Dann gehen wir ans Meer, und dann lieben wir uns.
- Ich will, daß wir uns erst lieben, so dreckig, wie ich bin! Und dann will ich mich betrinken, und dann schmeiß mich meinetwegen ins Meer. Jedenfalls will ich weg sein, gar nicht mehr auf dieser Welt.

Carolin lachte und fing wieder an zu heulen und warf ihren Zigarettenstummel auf den Bahnsteig.
- Es ist schlimmer, noch viel schlimmer! schrie sie mich an. In dem Portemonnaie war doch auch meine Fahrkarte! Du mußt alles nachzahlen, von Bremen bis Sizilien. Mindestens von Mailand bis hierher. Ich bin neunmal kontrolliert worden. Sie haben mich ohne Karte weiterfahren lassen; aber hier mußt du alles nachzahlen, haben die Schaffner immer wieder...
- Soviel Geld hab' ich nicht bei mir, sagte ich, nun selber einen Augenblick ratlos, und stellte die beiden Koffer neben einen Tisch der Bahnhofsbar.
- Komm, jetzt trinken wir erst mal einen Espresso.

Oder willst du lieber ein Glas Wein, sizilianischen Wein?

- Hier gibt's doch kein Glas Wein in der Bar, nicht einmal Zigaretten, und diese Kerle da vorn warten schon auf ihr Geld! schimpfte Carolin, und erst jetzt sah ich, daß der Zugführer, der Schaffner und der Stationsvorsteher neben der Lokomotive standen, uns beobachteten und lebhaft miteinander redeten.

Ich schob Carolin einen Stuhl zurecht und bestellte ihr einen Espresso und eine Grappa. Dann ging ich auf die drei uniformierten Männer zu, die mir ernst entgegensahen, ernst und plötzlich sehr schweigsam.

- Scusate, sagte ich, ich habe nicht so viel Geld in der Tasche. Es sind um die fünzehntausend Lire, denke ich. Oder mehr? Ich gebe das Geld noch heute abend hier auf der Station ab.

Es war der Zugführer, der zuerst die rechte Hand an den Schirm seiner roten Dienstmütze hob, tadellos und würdevoll; und die beiden anderen Beamten taten es ihm nach.

- Signore, una felicissima notte!

Was sagte der da: eine außerordentlich glückliche Nacht? Ohne mit der Wimper zu zucken. Und noch:

- Grüßen Sie Ihre schöne junge Frau von uns. Wir haben sie sehr gern nach Sizilien gefahren.

- Aber die Fahrkarte, sie hat keine...

Der Stationsvorsteher zog seine Trillerpfeife aus der Brusttasche, der Zugführer und der Schaffner sprangen auf, und die »Conca d'Oro« aus Milano-Rom - Napoli - Villa San Giovanni - Messina und Sant' Agata di Militello fuhr mit weiteren vier Minuten Verspätung nach Palermo.

- Grazie, sagte ich. Tante grazie!

Aber es war niemand mehr bei mir. Der Zug war abgefahren, der Stationsvorsteher verschwunden. Der Bahnsteig leerte sich lautlos und rasch. Nur der Hund saß noch vor dem Büro des Stationsvorstehers und klopfte mit dem Schwanz die staubigen Zementplatten. Der Wasserstrahl schoß in die flirrende Luft. Es wurde wieder still.

Ich ging mit Carolin durch das Bahnhofsgebäude, und noch bevor ich die Koffer zu dem einzigen Taxi tragen konnte, kam der Stationsvorsteher hinter uns her und übergab mir die farbenfrohe Ansichtskarte einer Pension ganz in der Nähe des Bahnhofs, hinter den Schienen.

- Ich vermiete ein paar Zimmer, scrittore, sagte er sehr sachlich. Bescheidene Preise! Frühstück mit deutschem Kaffee. Sollten Sie einmal Freunde erwarten, Besuch aus Deutschland: Mein Haus ist auch Ihr Haus.

Ich nahm die Karte und steckte sie sorgfältig ein.

- Grazie! sagte ich noch einmal.

Der Stationsvorsteher lächelte und nahm mir einen der schweren Koffer ab, bis ihm der Fahrer rasch entgegenkam.

Im Taxi, auf der Fahrt nach Gillazza, fragte mich Carolin:

- Was hast du für die Fahrkarte bezahlen müssen?

- Nichts, nulla!
- Aber wer sonst? Ich verstehe überhaupt nichts mehr. Non capisco più niente.

Der Taxifahrer lachte laut.

- Später, Carolin! Wann will dein Bruder mit seiner Familie kommen?
- Erst im Herbst. Warum?
- Es sind schon Zimmer für ihn reserviert.

Der Taxifahrer drehte sich um und fragte:

- Brauchen Sie noch etwas heute abend, scrittore? Wein, Brot, Salami, Käse: caciocavallo, pecorino? Sie wissen, mein Freund Nené...
- Danke. Ich war erst gestern bei ihm einkaufen.
- Ich weiß, scrittore. Er hat mir gesagt, daß ich Sie an der Station abholen soll, weil Ihr Wagen zur Reparatur ist. Ein guter Junge, Nené. Er verschenkt noch sein letztes Olivenöl.
- Ja. Ein guter Junge.

Nené war dreiundsechzig.

Carolin lehnte sich aus dem offenen Wagen, der jetzt am Meer entlangfuhr, bevor er hinauf in die Berge der Madonie kletterte.

- Gott, ist es hier schön! rief sie und kuschelte sich in meinen Arm.
- Ja, Carolin.

Signor Merlo

Mein Arbeitszimmer lag zu ebener Erde, und vor ihm führte ein Pfad vorbei, nur das Moskitonetz im Fenster hing dazwischen. Ich fing morgens um sechs an zu arbeiten, weil ich seit Sonnenaufgang nicht mehr schlafen konnte und der Tag nur noch drei Stunden frisch war.

Auch signor Merlo, der Maurer, fing um sechs Uhr seine Arbeit an; und nun hörte ich, wenn ich über meinen gnadenlos leeren Blättern saß, nicht mehr nur die Vögel, die Frösche und die Hunde, die sich von weit auseinanderliegenden Gehöften über den Stand der Dinge unterhielten oder einen Streuner aus ihrem Territorium vertrieben. Ich hörte auch, immer lauter, weil immer näher, wie signor Merlo seine Blechkarre mit Hohlziegeln und Mörtel über ein Brett schob, das auf einer Treppe der Plantage lag; wie er halblaut »porca miseria!« fluchte an dieser vertrackten Stelle; wie er kurz in Trab geriet, auf einem abschüssigen Stück hinter der Schubkarre herrannte und sie dann neben dem Haus, an einem Mauerbruch, den es zu reparieren galt, vor seinem Kollegen auskippte, ein paarmal tief Luft schöpfte, ehe er eine neue Fuhre holte.

Nach jeder neunten Fuhre machte er auf halbem Wege Rast, bremste die Blechkarre vor meinem Fenster, hockte sich auf die Fersen, bot mir eine Zigarette an und zog mich in eine chiacchierata, in eine lebhafte Zwiesprache über die rompidori und mangiadori, die Goldfresser, diese korrupte und impotente Regierung in Rom; über das höllische, sonnige Wetter, das seit Monaten gar nicht mehr aufhören wollte; über eine Bittprozession; die Arbeitserlaubnis für einen Sizilianer in Deutschland; den Wein seines Schwagers, den signor Merlo mir besorgen wollte und der meine Nerven bestimmt milder zur Ruhe bringen würde als jeder andere Wein der Welt – und über das Theater. Signor Merlo gehörte einem Ensemble aus Laien an und spielte zweimal im Jahr vor dem Dom den schweren Helden, meistens einen unglücklichen Herzog; oder »Liola«, einen Ciaula aus den Schwefelgruben Agrigents und Luigi Pirandellos. Immer aber Menschen, die ein Herz haben und also ein Schicksal, wie signor Merlo es ausdrückte.

Anfangs sagte ich kein Wort gegen diese menschliche Unterbrechung unserer Plackerei schon am frühen Morgen. Was auch sollte ich signor Merlo, der seine Arbeit tat wie ich meine, nur viel fröhlicher und geselliger dabei war, sagen? Welcher Einwand hatte Hand und Fuß gegen eine chiacchierata alle halbe Stunde? Andererseits merkte ich bald, daß ich jeden Tag weniger zu Papier brachte, durfte mich aber auch nicht entschließen, solange signor Merlo und Giovanni, sein compagno, den Mauerbruch reparierten, einfach Urlaub zu machen: Ich mußte meine Erzählung bis zu einem längst bestimmten Termin auf Punkt und Komma zu Ende bringen. Also wurde ich immer ungeselliger, widerwärtiger, asozial – und da sagte ich es ihm notgedrungen eines Morgens nach der dritten chiacchierata schließlich doch.

- Signor Merlo, sagte ich, ich kann noch acht Tage in Sizilien bleiben und brauche dann gar nichts zu arbeiten, ich kann Ihnen sogar helfen.

- No, no, no! Signor Merlo erschrak ganz offensichtlich bei dieser Vorstellung.

- Oder ich kann auch in diesem Jahr wieder bis November, also noch fünf Monate hierbleiben. Nur, dann muß ich viel arbeiten, vor allem morgens. Sie wissen ja, später, in der Glut...

- Warum müssen Sie so viel arbeiten, scrittore? Das ist nicht gut. Sie haben doch vacanze, Sie haben Ferien.

- Nein, signor Merlo, ich habe keine Ferien, ich kann mir nicht einmal im Traum vorstellen, wie ein Schriftsteller Ferien macht, wirklich Ferien, auch im Kopf! Da geht's doch immer weiter.

- Capito! Ich kann auch nicht Urlaub machen, im Kopf, wenn ich Theater spiele. Pirandellos Enrico IV., zum Beispiel. Aber warum müssen Sie auch hier jeden Tag arbeiten? Sie sind nicht in Deutschland, Sie sind in Sizilien, bei Ihren Freunden, scrittore.

- Signor Merlo: Weil ich das Geld, das ich für meine Arbeit bekomme, auch benötige, um hierherfahren, um hier – arbeiten zu können! Und ich habe leider keine »schnelle Feder«.

Signor Merlo schwieg, rauchte seine Zigarette wortlos zu Ende, bis auf die Nagelkippe, und drückte sie dann sorgfältig in die Erde. Er faßte in seine Gesäßtasche, nahm ein altes Portemonnaie heraus und warf es mir auf die Fensterbank.

- Ich heiße Salvatore. Mein Geld ist auch Ihr Geld.

Er ging, ehe ich vor Sprachlosigkeit auch nur die Zunge bewegen konnte.

Nach der Arbeit, am Feierabend, gab ich ihm das Portemonnaie zurück, was eine der kunstvollsten Verhandlungen erforderte, die ich jemals geführt habe; und als sich signor Merlo wieder beruhigt hatte, nicht mehr verletzt war oder doch nur noch ein bißchen, sagte ich:

- Signor Merlo, es ist doch so: Ich habe Sie neulich angeln sehen...

- Ja, sonntags angele ich. Wollen Sie merluzzo? Ich kann ihn auch zubereiten für Sie.

- Ja, gern.

- Nächsten Sonntag? Essen wir nächsten Sonntag zusammen merluzzo, mit Tomaten, Salbei, Kapern und Oliven gedünstet?

- Ja, gern, das heißt, nächsten Sonntag muß ich nach Palermo. Ich habe da...

- Una ragazza, ein Mädchen?

- Ja.

- Va bene, das geht vor. Essen wir später merluzzo.

- Aber jetzt, signor Merlo, entschuldigen Sie, wollte ich Ihnen etwas anderes sagen: Wenn ein

Fisch anbeißt – und in genau dem Augenblick kommt jemand vorbei, kein falscher Hund, nein, Ihr Freund, aber vielleicht ein ganz klein wenig laut...

- Schießt der Fisch ins Meer, zu Nettuno! sagte signor Merlo und drehte mir eine Zigarette.

- Ich bin auch Angler, sagte ich.

- Welche Fische sind Ihre Spezialität? Ein Freund in Campofelice di Roccella...

- Worte, sagte ich. Worte, Sätze sind meine Fische.

Er sah mich einen Augenblick steif an; doch nur den Bruchteil eines Augenblicks, so rasch hatte er mich verstanden. Nicht nur mit dem Kopf, nein, mit seinem ganzen Körper. Er entspannte sich, und signor Merlo lächelte. Er lächelte ganz leicht. Signor Merlo war nicht sensibler als andere Sizilianer, die ich kannte, aber er war so sensibel wie sie, das heißt, wie das sensibelste Volk, das ich jemals erlebt habe; dessen Sensibilität in Jahrhunderten aus der Tragik, der Armut, der Bedrohung, der Angst und aus der Freundschaft wuchs.

Er beleckte das Papier unserer Zigaretten und gab mir meine. Wir rauchten wortlos, dann sagte er:

- Ich habe eine Bitte, scrittore: Könnten Sie mir eines Ihrer Bücher leihen?

- Ja, Erzählungen; aber sie sind noch nicht ins Italienische übersetzt.

- Das macht nichts. Mein Bruder in Lascari hat eine Tochter, das heißt, er hat fünf Töchter. Eine hat ein bißchen Deutsch studiert, nicht viel, doch sie bekommt die Arbeitserlaubnis. Für eine Fabrik. In Dortmund.

Ich gab ihm einen Band mit Kurzgeschichten. Dann kehrte er zu seiner Schubkarre zurück und ich zu meiner Arbeit.

Von diesem Tag an kam signor Merlo nicht mehr an meinem Fenster vorbei. Ich hörte seine Blechkarre nicht mehr, nicht sein »porca miseria!«, nicht sein tiefes Aufatmen, wenn er die Last abgesetzt hatte, nicht seine einfachen, ernsten, gescheiten Fragen. Ich hörte überhaupt nichts mehr von ihm und Giovanni, und weil ich mit meiner Arbeit in Rückstand geraten war, blieb ich eine Woche im Haus. Außer des Abends, wenn ich einkaufte oder auf der Balustrade über dem Meer saß und ein paar Seiten im »Tristram Shandy« las.

Am übernächsten Sonntag erst kam signor Merlo an mein Fenster. Er trug diesmal einen dunklen Anzug und eine dunkle Krawatte. Ich ging zu ihm hinaus, stellte zwei Stühle unter einen Olivenbaum, und wir rauchten und sprachen miteinander.

- Habe ich Sie noch einmal gestört bei Ihrem »Angeln«? fragte er.

- Nein, nein! So schlimm war es auch gar nicht. Ich war damals nur sehr nervös: eine heikle Stelle in meiner Erzählung.

- Ich kenne das von meinen Rollen im Theater, sagte er. Es gibt nur heikle Stellen – aber drei sind noch heikler als die anderen. Der Anfang, der Punkt Zweidrittel und das Ende.

Ich sah ihn an und sagte:
- Es war der Punkt Zweidrittel.
- Aber jetzt sind Sie darüber weg?
- Ich hoffe, aber...
- Jetzt kommt noch der Schluß, dieser verdammte Schluß. Und er ist so schwierig, weil wir da mogeln. In Wahrheit geht die Geschichte ja weiter, immer weiter.
- Genau. Aber sagen Sie, signor Merlo, wie haben Sie es fertiggebracht, daß ich keinen Ton mehr von Ihrer Arbeit gehört habe? Ich war doch die ganzen Tage über an meinem alten Platz.
- Kommen Sie mit, scrittore?

Wir gingen um den alten Palazzo zum anderen Flügel, und hier erst verstand ich, was geschehen war: Signor Merlo hatte einen Flaschenzug angelegt, Steine und Mörtel auf das Dach gehievt, hinübergetragen und auf der anderen Seite, neben dem Mauerbruch, abgeseilt. Eine Arbeit, die zehnmal härter war als seine frühere Methode.
- Signor Merlo, sagte ich und wußte, daß ich mich lange nicht mehr so geschämt hatte wie in diesem Augenblick: Scusi! Mi dispiace molto! Entschuldigung. Es tut mir sehr leid...
- No, no, no! Das geht in Ordnung. Wir Künstler...

Er kniff mir ein Auge und sagte:
- Ich habe gestern etwas von Ihnen gelesen.
- Von mir? Was?
- Zwei Erzählungen.
- Aber sie sind doch nicht ins Italienische übersetzt.

- Ich habe sie aber italienisch gelesen.
- Wo?
- Hier.

Er gab mir den »Corriere delle Madonie« – und da standen wirklich zwei meiner Kurzgeschichten. Übersetzt von einer Milena Merlo.
- Wer ist das? fragte ich und verstand die Zusammenhänge noch immer nicht.
- Die Tochter meines Bruders in Lascari. Hat sie ihre Arbeit anständig gemacht, scrittore?
- Ja, ausgezeichnet, sagte ich und versuchte dahinterzukommen, welche meiner Kurzgeschichten es waren.

Signor Merlo sah plötzlich weg, in einen Olivenbaum, und sagte leise:
- Hoffentlich hat sie es gut dort in Dortmund. Milena… ha lasciato stanotte la Sicilia – sie hat heute nacht Sizilien verlassen.

Ein Zeitungsbericht

In der Nacht zum Sonntag kam es im zweiten Stock des Hauses via Malaspina 15 zu einer tragischen Bluttat, die nicht nur das sonst so friedliche Viertel, nein, unsere ganze Stadt erschüttert hat und noch erschüttert. Das Opfer, Rosa Tudisco, 72 Jahre, war bei den Nachbarn wegen seiner Hilfsbereitschaft weithin beliebt. Nicht minder geschätzt wurde, für seine Güte und seinen Humor, aber auch der Täter, ihr Ehemann Vincenzo Lo Verde, 81 Jahre.

Am Abend vorher hatten Vincenzo Lo Verde und Rosa Tudisco im ristorante »A' Zabara« ihren 50. Hochzeitstag gefeiert. Viele Familienangehörige und Freunde waren der Einladung des Ehepaars gefolgt, das bei allen als besonders harmonisch galt und dessen glückliche Verbindung durch die Geburt von acht Kindern gesegnet wurde, von denen noch drei am Leben sind. Insgesamt waren im »A' Zabara« Samstag abend 37 Personen in einer geschlossenen Gesellschaft vereint.

Das Fest nahm einen schönen, frohen Anfang: Man aß, trank und tanzte, wobei das goldene Hochzeitspaar vor allem keinen Tango, den Lieblingstanz seiner frühen Jahre, ausließ und viel Beifall fand. Vincenzo Lo Verde, der auch wegen seines noch immer metallischen Tenors bekannt ist, sang auf dem Höhepunkt die canzuna:

»Figghiuzza 'nta lu suonno mi vinisti
e du' paruleddi ruci e ti nni isti...«

Als es gegen Mitternacht zu den üblichen barzellette, Späßen, Streichen und Witzen kam, gestand die Tudisco ihrem Ehemann, sei es als schwarzen Scherz, sei es aus gefährlichem Übermut oder auch um ernsthaft ihr Gewissen zu erleichtern, daß einmal ein anderer Mann bei ihr »Ehre eingelegt«, daß sie ihn im Jahr 1934, zu einer Zeit, als Vincenzo Lo Verde sich acht Jahre lang ohne seine Familie in Cincinnati, Vereinigte Staaten, Arbeit suchen mußte, mit dem ingegnere Eugenio N. betrogen habe. (Der ing. N. ist vor vierzehn Jahren einem Krebsleiden erlegen.)

Es kam zwischen den Eheleuten zu einem kurzen, rabiaten Streit, der aber durch das Zureden der Freunde, vor allem des Schwiegersohns und Lehrers an unserer Elementarschule, Gioachino Liuzzi, 47 Jahre, der beiden immer wieder »indulgenza!« zurief, habt doch Nachsicht miteinander, beschwichtigt werden konnte, so daß die Feier bald ihren Fortgang nahm.

Nach der Rückkehr in die via Malaspina 15, gegen ein Uhr nachts, muß aber das Eifersuchtsdrama wieder aufgeflammt sein, wobei bemerkenswert ist, daß keiner der Nachbarn aus der betreffenden Wohnung im zweiten Stock ein auffälliges Geräusch gehört hat, überhaupt kein einziges Wort oder gar einen Disput. Da aber das Opfer mit Sicherheit nicht im Schlaf überrascht wurde, die Bluttat in der Küche geschah, muß man sich die Frage stellen: Sollte die Tudisco sich gar nicht gewehrt haben?

Lo Verde erstach signora Tudisco mit einem Fleischmesser. Von den siebzehn Stichen traf einer die Aorta, die aus der linken Herzkammer entspringende Schlagader, und führte auf der Stelle zum Tod.

Vincenzo Lo Verde erstattete sofort darauf in der Kaserne der carabinieri, via Fontana 35, Anzeige gegen sich selbst. Nach seinem Motiv für die tragische Tat befragt, gab Lo Verde dem Wachtmeister Giuseppe Viganò, 32 Jahre, nur die eine Antwort:
- Zur Wiederherstellung meiner Ehre.

Drei carabinieri begleiteten ihn in die via Malaspina 15 und fanden die Tudisco in einer Blutlache. Dottor Franco Cipiani, der in dieser Nacht Dienst hatte, konnte nur noch ihren Tod feststellen.

Wachtmeister Viganò erklärte Vincenzo Lo Verde auf der Stelle für verhaftet und ließ ihn in das Gefängnis San Giuliano von Trapani überführen.

Die Untersuchung leitet der stellvertretende Staatsanwalt dott. Angelo Rotella. Nähere Informationen lagen bei Redaktionsschluß noch nicht vor.

Wir berichten weiter.

Turiddu

Turiddu traf ich jeden Morgen gegen halb sechs, bevor er von seinem Gehöft in den Madonie zu seinen ausgetrockneten Feldern ritt, an unserer Quelle. Er tränkte sein Maultier, feuchtete sein rotes Taschentuch an und legte es wieder unter das Rhabarberblatt auf sein zerzaustes Haar. Ich holte zur selben Stunde eine Kanne Wasser für meinen ersten Tee. Aus dem rubinetto, dem Hahn an der Außenmauer meines Zimmers, kam längst kein Tropfen mehr; aber die alte Quelle zwischen den Wurzeln des Feigenbaums sprang noch.

- Ich sehe dein Licht nachts um zwölf, wenn ich mich hinlege, sagte Turiddu und kratzte sein die Woche über unrasiertes Kinn. Ich sehe dein Licht um fünf in der Frühe, wenn ich aus dem Bett muß, aber ich sehe es auch um drei, wenn der Wein mich drückt und ich ihn hinaustrage unter die Mispeln.

- Ja, ich schlafe schlecht.

Turiddu rollte eine Zigarette und reichte sie mir.

- Das hast du schon im vorigen Jahr gesagt.

- Ich schlafe seit Jahren schlecht. Seit Jahrzehnten. Seit dem Krieg.

- Immer?

- Fast immer.
- Das ist nicht gut. Innen im Leben. Ich rede nicht von der Müdigkeit am nächsten Tag. Nein, es macht dich auf die Dauer zu einem halben Mann.
- Ich weiß. Und zu einem anderen Menschen. Aber ich habe schon alles versucht.
- Schlaftabletten?
- Ja, auch. Viele.

Turiddu wischte heftig durch die noch nachtkühle Luft.
- Gift.
- Fünf Nächte ohne Schlaf sind auch Gift, antwortete ich.

Turiddu gab mir seine Zigarette, und ich steckte meine daran an.
- Es gibt die Frauen. Es gibt den Wein, sagte er ernst und freundschaftlich.

Ich hob die Schultern und ließ sie wieder fallen.
- Sie helfen dir nicht?
- Nein. Im Gegenteil. Ich werde davon wach, immer wacher.
- Schlimm, sagte Turiddu und riß den Kopf des Maultiers, das immer noch Wasser soff, von der Quelle zurück.
- War es der richtige Wein, die richtige Frau?

Turiddu sah mich prüfend an, und ich schwieg.
- Manche trinken auch Orangenblütentee, sagte er nachdenklich. Oder Mohntee. Mohntee soll helfen, aber du wirst dumm davon. Wie von dem gefälschten Wein, den sie auf dem Kontinent, in Rom, in Mailand trinken. Von den Frauen wirst du

niemals dumm. Von guten Frauen wirst du friedlich; zahnlos vielleicht, aber nicht dumm. Von schlechten Frauen wirst du vorsichtig, ein Geometer. Schnell im Kopf. Du rechnest immer.

Er seufzte.

- Du solltest schlafen, scrittore! Ich will heute auf dem Feld nach einem Mittel für dich suchen. Wenigstens darüber nachdenken.

Turiddu ritt weiter, langsam und philosophisch, und ich setzte mich vor das weiße Papier, das unschuldig und grausam dalag auf dem Tisch und auf der Fensterbank meiner Zelle, in der nichts war außer diesem Tisch, einem Stuhl, einem Bett, einem Regal und einem Büffellederkoffer, auf dem Muzzo, mein ägyptischer Kater, schlief. Ich legte die noch nassen Hände neben das Papier, das schon warm war von der aufkommenden Morgensonne, und wartete, bis die Hände getrocknet waren. Dann spannte ich das erste Blatt in die Schreibmaschine.

Ich sprach in der Sprache meines Volkes, das zweitausend Kilometer weit weg im Norden wohnte, mit Menschen, die genauso weit weg waren oder noch viel weiter, schon tot. Ich sprach mit der Armut, den Wünschen, Ängsten, Begierden, die auf dieser Insel, in der Mitte der Alten Welt, seit Jahrhunderten mit dem Wind die Mauern entlang und um alle vier Ecken streichen.

Ich versuchte, auch mit meinem Schatten zu sprechen, dem Schatten hinter mir, dem Schatten vor mir, und fragte ihn viel. Die Antworten kamen karg, dürr; und mein weißes Papier in der Schreibmaschine wurde gelb und wellte sich leicht wie ein Fleck helles, fast totes Wasser. Es war immer noch dasselbe Blatt, das vor mir lag, als Turiddu am Mittag zurückkam auf seinem Maultier und es wieder an der Quelle zwischen den Wurzeln des Feigenbaums tränkte, um dann auf seinen Hof hinaufzuklimmen, zu essen und Siesta zu halten: zu schlafen, bis die Glut vom Meerwind gekühlt wurde.

- Ich werde dir helfen, sagte Turiddu an diesem Mittag. Er sagte es auf der Stelle und ruhig. Wir werden nach Messina fahren, in die Berge hinter Messina. Das heißt, Ninnuzzu nimmt uns mit, wenn er Zementziegel nach Messina fährt, und er holt uns auch wieder ab.

- Nach Messina? fragte ich und verstand nichts.

- Ja, in diese Tag und Nacht berieselten Bergfelder! Ein Paradies.

- Gut, ein Paradies. Aber was wollen wir da, Turiddu? Wir gehören in die Madonie, die kein Paradies sind. Du schon vierzig Jahre... Wie alt bist du?

- Fünfunddreißig.

- Du schon fünfunddreißig Jahre lang; und ich allmählich auch.

- Wie alt bist du?

- Siebenundvierzig.

Turiddu winkte ab. Er sprang von seinem Maultier, kniete an der Quelle und trank.

- Du weißt, daß Quellwasser, das zwischen den Wurzeln eines Feigenbaums aufspringt, gut für die

Liebeskraft ist, un' elisir d'amore, fast so gut wie Canthariden? fragte er und schlug sich mit der Handkante in die Ellenbeuge.
- Man sagt es.
- Ich weiß es! Turiddu nahm eine reife Feige und drückte sie der Länge nach auf. Er starrte auf das rote, haarige Fleisch, auf das vertiefte Zentrum und die hellen, weichen Lippen darum. Nichts sonst sieht dem Paradies der Frau so ähnlich, sagte er.
- Doch, auch manche Muscheln.
- Aber Muscheln sind falsch wie das Meer, und Feigen sind gut. Ich habe es dir schon heute morgen zu erklären versucht. Du brauchst nicht erst ein Jahr mit einer Frau zu leben, um zu wissen, ob sie gut oder falsch ist. Du kannst es schon in der ersten Nacht spüren, tasten, schmecken, scrittore!

Er schwieg und sah mich eindringlich an.
- Warum Messina? fragte ich wieder, nur um dieses brennende Schweigen zu brechen.

Turiddu stieg auf sein Maultier.
- Wegen der tartaruga, der Schildkröte, antwortete er. Nur dort, in den berieselten Gärten um Messina, sind noch die richtigen. Wir werden eine fangen und mit hierher in die Madonie nehmen. Vielleicht auch zwei, ein Paar. In der Nähe dieser Quelle können sie leben. Da ist es nicht schlechter als hinter Messina. Du mußt sie jede Woche einmal anstechen und ein viertel Glas von ihrem Blut trinken. Danach wirst du schlafen wie ein Mondstein auf dem Grund des Meeres.
- Turiddu...

- Du glaubst mir nicht, ich weiß. Aber das ist hierbei unwichtig. Es ist kein Zauber, keine Magie: Du wirst schlafen, ob du willst oder nicht. Am anderen Tag und alle Tage danach werde ich dich gegen sechs Uhr wecken müssen, und ich werde es gern für dich tun, bis du die richtige Frau gefunden hast. Dann ziehe ich mich, Ehrenwort, auf den Berg zurück; und vielleicht brauchst du dann bald auch die Schildkröte nicht mehr.
- Turiddu...
- Du hast wieder keine Zeit, ich weiß. Dein Roman, an dem du jetzt schon ein Jahr arbeitest, ist wie ein schlecht erzogenes Kind: Es will immer die Milch, es will alle Tage gestillt und geschaukelt werden. Du mußt mir einmal erklären, warum nicht die Frauen die besseren Bücher schreiben. Also gut, ich fahre allein mit Ninnuzzu nach Messina. Diese Woche noch nicht, wir müssen die Rebstöcke wässern, aber am Sonntag fahre ich. Wenn Ninnuzzu nicht mag, ausruhen will – ich kann seinen camion auch allein steuern. Du wirst wieder schlafen, scrittore.

Sie fuhren beide in die Berge hinter Messina, Turiddu und Ninnuzzu, und brachten mir eine Schildkröte, groß, dunkel und rund wie mancher Laib Brot.
- Genau die richtige, sagte Turiddu. Sie hat immer genug Blut, bleibt aber bei dir hier in der Plantage, in der Nähe der Quelle. Ein Paar wandert schon einmal aus.

Er klappte sein Messer auf und legte die Schildkröte auf den Rücken.

- Hier! Genau hier mußt du den Einschnitt machen, er tötet sie nicht. Du läßt sie nur zur Ader. Sie fühlt sich wohler danach, diese Rasse braucht das – und du wirst schlafen wie im Fruchtwasser deiner Mutter, ohne einen Gedanken oder einen incubo, einen Alptraum, der dich verfolgt quer durch die Nacht.

Er schärfte sein Messer auf der Kante einer Treppenstufe.

- Turiddu, wandte ich ein, warum soll ausgerechnet das Blut einer Schildkröte... Ich schlafe schon fünfundzwanzig Jahre schlecht. Meine Arbeit dauert jeden Tag vierundzwanzig Stunden, rund um die Uhr. Ein Maler malt immer, ein Schriftsteller schreibt immer – auch wenn du seine Staffelei, seine Schreibmaschine nach Ustica verschleppst. Er schwimmt hinterher, flucht auf sich und alle Welt, aber er schwimmt hinterher und malt, schreibt schon wieder, in seinem Kopf, während er flucht und das Meer peitscht.

- Und ertrinkt, sagte Turiddu. Das Meer ist falsch wie die Nacht. Ihr traut ihnen – wir Bauern in Sizilien nicht, weil wir sie kennen.

Er schärfte weiter sein Messer, und ich hielt seine Hand fest.

- Turiddu, warum eine Schildkröte? fragte ich noch einmal.

Er sah mich an, als überschritte meine Dummheit jede menschliche Grenze; als hätte ich ihn gefragt, warum ein Säugling die Brust seiner Mutter suche und nicht ein Hühnerei.

- Hast du jemals eine nervöse Schildkröte gesehen, una tartaruga nervosa? fragte er.

- Nein.

- Ecco.

Er schnitt zu, fing ein viertel Glas Blut auf, drückte die Wunde aus und träufelte Zitronensaft und Olivenöl hinein. Dann schloß er sie mit einem blutstillenden Blatt.

Turiddu hielt mir das Glas hin.

- Es schmeckt wie Marsalawein. Du kannst auch ein Ei hineinschlagen, Zucker...

- Hast du es je getrunken?

- Nein. Ich schlafe ja.

- Kennst du einen einzigen Menschen, der...

- Tausende. Meinen Großvater. Trink es aus. Ich sage dir, du wirst schlafen. Morgen früh bringe ich dir einen doppelten Espresso ans Bett.

Ich trank.

Am anderen Morgen mußte Turiddu mich tatsächlich wecken.

- Ecco fatto! sagte er triumphierend. Heute abend komme ich und zapfe ihr wieder ruhiges Blut ab. In einer Woche bist du kuriert, und wir können sie wirklich schlachten und essen.

- Nicht nötig, Turiddu! Ich habe die Operation gestern abend geübt und noch ein viertel Glas getrunken.

Er starrte mich wortlos an, und ich konnte bei meinem riesigen Kater nicht erkennen, ob er mir glaubte oder, viel wahrscheinlicher, die zwei Liter Rotwein durch meine Augen funkeln sah, die mir zwar fünf Stunden Schlaf, aber auch wieder den alten Alptraum vom Gemetzel in meiner Familie gebracht hatten.

Wir blieben bei unserem Ritual. Turiddu fragte mich jeden Morgen an der Quelle, zwischen den Wurzeln des Feigenbaums, ob ich jetzt nicht schlafen könne wie im Schoße der Madonna?

- Ja! antwortete ich. Es ist ein Wunder geschehen.
- Es ist die Natur, scrittore. Nur Blinde sehen Wunder. Es ist die Natur. Lassen wir die tartaruga also am Leben. Falls du einen Rückfall bekommst.
- Ja, sagte ich nochmals.

Abends aber betrachtete ich lange die friedliche Schildkröte, die sich, soweit ich es beurteilen konnte, in der Plantage wohlfühlte; und die ich, nur unter uns, »Don Turiddu« getauft hatte.

Mitunter schlief ich danach wirklich ruhiger ein.

Das Karussell

Sie saßen auf der Treppe der kleinen Kirche, die neben dem halbzerfallenen Palazzo stand, in dem ich neunzehnhunderteinundsiebzig wohnte, dem Jahr, in dem wir den Fernsehfilm »Anna und Totò« drehten. Sie saßen da, als ich vom Meer zurückkam, in der rasch einfallenden Dämmerung, und warteten auf mich. Drei Männer zwischen vierzig und fünfzig Jahren, in dunklen Anzügen und mit dunklen Filzhüten.

Ich hatte sie nie vorher gesehen, jedenfalls niemals bemerkt. Nun standen sie langsam auf, als ich näherkam, entschuldigten sich für ihren späten Besuch, entschuldigten sich sehr höflich und gingen hinter mir her zu dem alten Tisch, der in der Plantage am Bassin stand. Sie betrachteten ernsthaft aufmerksam die Goldfische, und ich bot ihnen ein Glas Wein an. Sie lobten den Wein, er sei genuino, echt, Naturwein – was leider heute nicht mehr selbstverständlich sei, auch in Sizilien nicht; von den Weinen, die aus den Fabriken auf dem Festland kämen, aus Rom, Florenz, Mailand ganz zu schweigen.

Wir sprachen also von Wein und dann von anderen, gepanschten Getränken; wie denaturiert, wie ungesund die moderne Nahrung überhaupt sei; und dann sprachen wir vom politischen Desaster oben in Italien, in Rom; und als es dunkler wurde, auch von den Kommunisten und ein wenig vom Krieg, dem Zweiten Weltkrieg, und der Zeit danach.

Ich hatte noch immer keine Ahnung, warum sie mir diesen unerwarteten Besuch abstatteten, wollte auch nicht zu rasch nach seinem Zweck fragen, teils weil es gegen die sizilianischen Gesprächssitten verstoßen hätte, teils weil ich zwar neugierig war, auf was ihr Besuch hinauslief, aber mindestens ebenso neugierig, wie sie ihre siebenfach verschnürten Absichten aufwickeln würden.

Wir sprachen schon zwei Stunden miteinander. Jetzt vor allem über die unvergleichliche Schönheit Siziliens, seiner Natur und seiner monumenti. Sie fragten mich, was davon ich schon gesehen hätte und was noch nicht, kannten sich auf Schritt und Tritt aus in Palermo, Monreale, Alcamo, Erice, Trapani, Castelvetrano, Selinunte und gaben mir überraschende Aufklärungen, nützliche Ratschläge. Ich war dankbar.

- Scrittore, Schriftsteller: das ist ein mago, ein Zauberer, sagte der älteste meiner Gäste. Er zaubert Menschen, Personen auf die Erde, Personen, die es vorher nicht gab, die seinem Kopf entsprungen sind und aus seiner Schreibmaschine ins Leben laufen. Er macht Kinder, mehr Kinder als jeder andere Mann, selbst in Sizilien.

- Eher ist er ein artigiano, ein Handwerker, ein Steinmetz, versuchte ich mich selber vor der saftigen Schmeichelei zu retten; aber das wollten sie nicht gelten lassen.

- Jetzt wird sogar eines Ihrer Werke verfilmt, scrittore! Was für ein gesegneter Erfolg.

Wir kamen also in ein Gespräch über den Film, den italienischen Film überhaupt und speziell über die Filme, die hier in Sizilien gedreht worden waren.

Ich öffnete noch eine Flasche.

- Alles Schund, erstunken und erlogen. Nur Flimmerkram, nicht eine Lira wert, sagte der Sprecher der drei Männer und spuckte aus. Außer »Il Gattopardo«. Was für ein Meisterwerk – und Claudia Cardinale, was für eine Frau, scrittore.

- Über Claudia Cardinale sind wir gewiß einer Meinung, aber im übrigen hat mir, als Film, »Wer erschoß Salvatore G.?« besser gefallen, antwortete ich etwas zu geradeaus.

- Aber, scrittore! Sie glauben doch nicht im Ernst, das sei die Wahrheit über Giuliano gewesen?

- Vermutlich nicht; aber wer weiß schon die Wahrheit über Giuliano?

- Ein paar einflußreiche Persönlichkeiten. In Palermo. In Rom.

- Dann möchte ich ausnahmsweise einmal zu diesen »einflußreichen Persönlichkeiten« gehören.

Sie lachten und boten mir weiter ihre amerikanischen Zigaretten an.

- Wer erschoß Salvatore G.? Ja, wer – Pisciotta?

Nein, nein. Reden wir lieber von Ihrem Film, scrittore.

Ich erzählte ihnen die bittere Geschichte von Anna und Totò in einer ziemlich ausführlichen Fassung und spürte, daß ich zu rasch getrunken hatte.

- Es ist also die Geschichte einer Leidenschaft, nicht eine Geschichte der Interessen, wenn wir, gli ignoranti, Sie richtig verstanden haben?

Ich hörte auf zu trinken und sagte:

- Das ist nicht immer leicht voneinander zu trennen.

- Sie sprechen die heilige Wahrheit, scrittore.

Die Fledermäuse waren längst nicht mehr zu sehen, ich spürte nur an den kurzen, kühlen Vibrationen der Abendluft ihre Nähe; und eine Ohreule begann, den Bergrücken entlangzufliegen und ihre dunkle, immer gleiche Frage zu stellen; da erst näherten sich meine drei späten Gäste der Absicht ihres Besuchs.

- Die Leute, die nichts anderes zu tun haben, als ihren Schnabel zu wetzen, von Fenster zu Fenster und auf der piazza oder beim Friseur, Sonntag morgens, die chiacchieroni – diese Zungendrescher erzählen sich, daß Ihr Regisseur eine Szene in Palermo, an der Cala, am alten Hafen drehen will, scrittore? Gewiß lügen sie wie der Wind.

- Nein. Wir haben in Rom, beim Innenministerium und auf der Präfektur in Palermo die Erlaubnis eingeholt. Es ist gar nicht so einfach, in Italien einen Film zu drehen! Die Behörden wittern überall spionaggio. Außer, man dreht Kulturfilme. Also drehen wir einen Kulturfilm...

Die drei Männer lachten verständnisvoll, und diesmal sprach ein anderer, der an einem schiefen Mimosenbaum neben dem Teich lehnte:

- Ihr Film ist schon jetzt bekannt, scrittore! Aber wie erbärmlich, wie schifoso, ekelhaft, daß jeder Erfolg, sei es in Geschäften, sei es auf Ihrer Ebene, sofort die Neidhämmel auf die Beine bringt.

Schweigen.

Nur der klagende Ruf der Ohreule und, sanft, die winzigen Bewegungen der Goldfische im abendstillen Teich.

- Welche Neidhämmel? fragte ich schließlich, um nun doch ein Stück weiterzukommen.

- Sie haben falsche Freunde, scrittore! Auch Sie. Falsche Freunde gehören zu den großen Plagen im Leben.

- Sicher habe auch ich ein paar falsche Freunde; aber hier in Sizilien?

- Auch hier, scrittore. Es schmerzt mich in der Tiefe des Herzens, Jesus sei mir gnädig, auch in Sizilien gibt es die falsi amici, diese Fallensteller. Beim Blut des Judas.

Ich wußte, es war aussichtslos, nach Namen zu fragen, und sagte so leicht wie möglich:

- Was sollten sie mir anhaben?

Stille. Fast vollkommene, samtene Stille des Spätabends, in der nur einer der drei Männer sich räusperte und die unsichtbaren Fledermäuse ihre lautlose Jagd trieben.

- Man kommt herum. Man hört da und dort etwas, scrittore ... Wie bedauerlich, wie bejammernswert wäre es ... Nun, ein Beispiel, ein Beispiel, das nichts sagen will, bloßes Geschwätz ... Wie unglückselig, wenn in eben dem Augenblick, in dem Ihre kostbare Kamera, die Deutschen und die Japaner bauen wahre Meisterwerke der Optik ... Wenn ein idraulico, ein Installateur, ein Arbeiter, irgendein cretino vorbeikäme, seine tubi, seine Leitungsrohre auf der Schulter ... Und sich umdrehte, einfach umdrehte, weil im selben Augenblick jemand seinen Namen ruft ... Reiner Zufall, aber was für ein Verlust an Zeit und Geld ... Selbst wenn Sie Ihre Kamera nach ein paar Stunden, so lange würde es gewiß dauern, wieder aus dem Hafenbecken fischen könnten ... Was nicht immer gelingt, scrittore.

Ich war endlich im Bilde, und von nun an dauerte unsere Unterredung nur noch wenige Minuten. Ich wohnte ihr bei wie der scheinbaren Wirklichkeit einer Filmszene.

- Und was kostete es, wenn der »idraulico« nicht gerade in diesem Augenblick durch die Szene liefe und sich umdrehte? fragte ich zu plump und hatte damit die Spielregeln unseres Gesprächs verletzt. Meine drei Gäste schwiegen lange. Es wurde kälter zwischen uns, und der Sprecher sagte gekränkt, ja etwas wehleidig:

- Scrittore! Sie haben uns falsch verstanden. Schrecklich falsch. Ihre Phantasie ... Jeder von uns ist ein uomo d'onore, ein Ehrenmann, bei Jesus

dem Gekreuzigten. Wir wollten nur Schaden von Ihnen abwenden, von Ihrem Werk. Nichts anderes. Wir schätzen Sie, scrittore, wir bringen Ihnen Freundschaft entgegen. Wir wollten Ihnen in aller Bescheidenheit eine Empfehlung geben, nur die Protektion einiger Freunde anbieten, unsere...
- Guardiania.
- Ein Wort, scrittore! Sie wissen, wie Wörter verkehrt werden, wie ihnen das Gesicht auf den Rücken gedreht werden kann. Sagen wir doch menschlich: unsere Hilfe, scrittore. Unsere freundschaftliche Hilfe. Wir haben nicht von Geld geredet, scrittore! Den ganzen schönen, angenehmen Abend, den wir das Glück, die Freude hatten, Ihre Gäste zu sein, haben wir nicht...
- Also wieviel?
- Eine Million Lire.

Sie erhoben sich langsam und lautlos.
- Für die Waisenhäuser Palermos, nehme ich an?
- Für die Waisenhäuser und die Spitäler der Armen. Ihre Jahre in Sizilien, die sich noch oft wiederholen sollen, waren nicht fruchtlos, scrittore.
- Nein, wirklich nicht.

Ich sagte ihnen, daß ich mit dem Produzenten und dem Regisseur über unsere »Geschäfte« reden würde; und sie verabschiedeten sich höflich von mir. Sie lüfteten sogar die Hüte.

Ihr Sprecher sagte nur noch:
- Einer unserer Freunde, die Ihre Freunde werden möchten, wird bei den Dreharbeiten immer bei Ihnen sein, scrittore! Ganz in Ihrer Nähe...

Ich fuhr noch in der Nacht, gegen zwölf, nach B. und suchte dottor N. auf, meinen Arzt, der in vielerlei Geschäften tätig war, vor allem auch auf dem Immobilienmarkt; den immer wohlwollenden dottor N., der mir jedes Jahr ein Haus anbot, zu einem Sonderpreis, oder ein Grundstück auf einem posto speciale, in unwahrscheinlich schöner Lage am Meer, wo eigentlich längst nicht mehr gebaut werden durfte. Den dottor N., von dem ich mehr ahnte als wußte, daß er zu den Respektspersonen der »Ehrenwerten Gesellschaft« zwischen Bagheria und Palermo gehörte.

Er saß noch im »Circolo dei Civili«, in seinem Bürgerklub, frisch und elegant wie immer, und spielte mit zwei Freunden, einem Advokaten und Don Mulè, einem Priester, tarocchi, sizilianisches Tarock.

Als er das letzte Handspiel gewonnen hatte und die Kasse leer war, nahm er mich am Arm, und wir gingen den lungomare, die Straße am Meer, entlang.

- Nun, was raubt Ihnen den Schlaf? fragte er, als wir allein waren, weit genug weg von den immer wachen Augen, Ohren und Zungen der Stadt. Was, mein deutscher Freund? Die Arbeit? Die Leidenschaften Ihrer noch flackernden Jahre? Das Feuer im Kopf oder das Feuer im Blut?

- Der Scherz einiger Ehrenmänner, dottore! Ich will keine Unruhe in unser Team bringen, sie würde der Arbeit schaden, darum bin ich zu Ihnen gekommen.

- Grazie, sagte er leicht. Sie wissen, daß Sie mir wie ein Bruder sind.

Ich versuchte, die Geschichte zunächst ins Lächerliche zu ziehen.

Der dottor N. aber blieb plötzlich stehen und sah sich sehr rasch nach allen Seiten um. Sein glattes, schmales Gesicht verdüsterte sich. Er murmelte in seinem palermischen Dialekt ein paar Worte, die ich nicht verstand; doch Segenswünsche waren es bestimmt nicht.

Wir gingen weiter am Meer entlang, aber nun wieder auf die Stadt zu und jetzt viel schneller.

- Zog der Sprecher, wie Sie ihn nennen, etwas den rechten Fuß nach? fragte mich der dottor N.

- Ja, aber nicht auffällig.

- Nicht auffällig! rief er und lächelte. Ihnen ist es aufgefallen, scrittore. Diese Dummköpfe, diese cretini, die es nicht lassen wollen, Artischocken zu ernten, wo sie keine Felder haben. Es ist ein Wunder, daß sie nur hinken – daß die noch hinken! Eines Tages könnte irgendeine Kugel nicht ganz so feinfühlig sein... So wahr ich meine Mutter liebe, ich wünsche es ihnen natürlich nicht. Aber sagen Sie, scrittore: Muß diese Filmszene auf jeden Fall an der Cala in Palermo gedreht werden?

- Nein, aber es ist eine Szene auf einem Karussell am Meer.

Auf dem corso Camillo, nahe bei meinem Wagen, umarmte dottor N. mich zart.

- Fahren Sie nach Hause, scrittore! Gehen Sie schlafen. Es ist ein Uhr. Sie müssen morgen einen

frischen Kopf haben für Ihre Arbeit. Es war richtig, daß Sie nur mit mir über diesen Besuch gesprochen haben.
- Wäre es nicht besser, auch die carabinieri…
- Gehen Sie schlafen! Gute Nacht. Ich werde mit meinen Freunden reden, mit besonders guten Freunden, scrittore. Verschwenden Sie keinen Gedanken mehr an diese schlechterzogenen Gäste. Sie sind für Sie nicht mehr vorhanden. Niemals wieder.

Ich schlief erst gegen Morgen ein und schlief schlecht; kurz vor acht holte mich unser Regisseur aus dem Bett.
- Was war los heute nacht? fragte er verwirrt, aber nicht beunruhigt.
- Nichts, sagte ich. Warum?
- Komm! Ich will dir was zeigen.

Wir fuhren hinunter zum Meer.
- Wir brauchen nicht nach Palermo, sagte er im Wagen. Der Portier im Hotel hat es mich vor einer Stunde wissen lassen, am Telefon, und mir Grüße von einem deiner Freunde ausgerichtet. Den Namen habe ich im Halbschlaf nicht verstanden. Ecco! Da haben wir unser Karussell. Ein schöneres Motiv kann ich mir gar nicht wünschen.

Es stand am Meer, ein altes Karussell mit weißlackierten Holzpferden, die Spiegel und geschnitzte Rosen in ihren Mähnen trugen. Das elektrische Klavier spielte »Azzurro«, und die Kinder, die auf dem Weg zur Schule waren, durften

gratis Karussell fahren, zwei Stunden lang, bevor die Dreharbeiten begannen.
- Aber wem gehört es, Wolfgang? fragte ich, und die Gedanken drehten sich in meinem Kopf rascher als das Karussell.
- Zwei sardischen Zigeunern. Sie scheinen in Ordnung zu sein.

Ich ging zu den Zigeunern und fragte den einen, wo sie gestern gewesen waren.
- Gestern? Ach, weißt du, vielleicht in Nicosia oder in Caltanisetta. Ich kann mir die Namen nicht alle merken. Wir sind jeden Tag woanders – eben zingari, Zigeuner!
- Und wer hat euch hierhergeholt, über Nacht?
- Geholt? Niemand. Wir sind gekommen. Ist es nicht schön hier am Meer? Könnt ihr uns nicht brauchen?
- Doch, doch.
- Na, siehst du.

Am Abend, als wir alle zusammen an einem langen Tisch im »Heukalyptus« saßen und calamari, Tintenfische, aßen, fragte unsere Regie-Assistentin nach dem dritten Glas Wein zu meiner Bestürzung den dottor N.:
- Gibt es die Mafia eigentlich auch hier, in dieser Gegend?

Der dottor N. sah sie entgeistert an.
- Come, wie bitte? Er schien das Wort in seinem ganzen Leben noch nie gehört zu haben.

Ich sah hinunter aufs Meer, und wenn die Musik

schwieg, konnte man vom Wasser das dumpf schwirrende Geräusch hören, das aufkommt, wenn die Fischer mit dem Ruder auf den Bootsrand schlagen, um ihre Beute anzulocken.

- Ich habe Danilo Dolci gelesen, sagte die Regie-Assistentin.

- Danilo Dolci, so. Er kommt von weit her, aus dem Norden Italiens, aus Triest. Ein guter Mensch, ein wahrhafter Christ. Aber er kann Sizilien niemals begreifen. Schade.

- Auch Leonardo Sciascia schreibt, daß die Mafia...

- Non c'è, signorina! sagte dottor N. sehr ernst. Bei Gott im Sakrament: non c'è, in Sicilia. So etwas existiert gar nicht in Sizilien.

Die Regie-Assistentin wollte noch weitere Fragen stellen, doch der sizilianische Kellner legte in diesem Augenblick »Sugar, sugar« auf den Plattenspieler, sehr laut, und klatschte den Takt dazu.

Dottor N. forderte die Regie-Assistentin zum Tanz auf, lächelnd, ein untadeliger cavaliere.

Die Regie-Assistentin tanzte wirklich gut; aber so gut wie der dottor N., trotz seiner sechzig Jahre, tanzte sie nicht.

Unter uns am Meer fuhren die Kinder noch immer kostenlos auf dem mit tausend bunten Birnen beleuchteten Karussell in die Nacht hinein.

Es war, beides, sehr schön anzuschauen.

Don Palumbo

Klein, patschfüßig, mit einem dauernd bekümmerten Gesicht. Traurige, verschreckte Augen: Was wollt ihr von mir? Ihr führt noch immer nichts Gutes im Schild. Oder etwa doch? Ich warte darauf, flehentlich und oft gekränkt warte ich darauf, daß ihr mich wie euresgleichen behandelt. Mich, Emilio Palumbo mit den zu großen Ohren, dem Drahthaar, der immer feuchten Schnüffelnase. Beruf: Handlanger. Heute genannt Don Palumbo, mit einem Titel der Geistlichen und Adligen: ironische Anerkennung, auch leise Furcht. Mimmo, il bassotto, Emil, der Dackel, von den Hohnzungen und den Gleichgültigen, den viel zu vielen, grausam treffsicher, zweiundfünfzig Jahre lang.

Er arbeitete in einem kleinen Zementwerk, drei Kilometer von meinem Schreibtisch entfernt, über der Nationalstraße 113, der »Settentrionale Sicula« nach Palermo. Er schuftete, trug Doppelzentner Zement, schippte, belud Lastwagen, entlud Lastwagen; zugestaubt, grau von der Kappe bis in die Sohlen. Er lachte nie. Er fluchte nie. Keiner hänselte ihn, schon lange nicht mehr; das war vorbei, drei Jahre vorbei, genau drei Jahre und vier

Monate. Er war nun Don Palumbo, ehemals il bassotto, der Dackel, sonst nichts. Der Mann, der drei Jahre im Ucciardone, dem weltberüchtigten Gefängnis von Palermo gesessen hatte.

Manchmal, wenn er nicht in Gedanken verloren war, grüßten wir uns freundlich, sobald wir uns begegneten. Sonst fiel kein Wort; und manchmal, sehr selten, sang er eines der alten Kerkerlieder, ohne daß ein anderer einfallen konnte:

»Sulu suliddu mi cuntu li guai
la notti 'un dormu no ca pensu a vùi...«

Es war nach Mittag geschehen, gegen zwei Uhr, in der heißen Stille. Ich hörte fünf oder sechs Schüsse, rasch hintereinander. Dann wieder die fast reine Stille, vollkommener noch durch das Zikadenschrillen und die Wassertropfen aus meiner nie reparierten Dusche. Das Rascheln des Perlenvorhangs noch, wenn Muzzo, mein ägyptischer Kater, ins Zimmer schlich, um zu schlafen. Auf meinem alten Lederkoffer, dem Begleiter aller Reisen nach Sizilien.

Fünf oder sechs Schüsse. Danach nichts mehr. Kein Schrei, kein Stimmengewirr, kein Tumult. Nur diese Totenstille.

Ich stand auf und ging den Pfad, der durch die schmale Plantage zu der Nationalstraße führte, an den hohen, düsteren Zypressen vorbei bis zur Grenzmauer und sah hinunter auf das grau überstaubte Zementwerk.

Das Drama lag vor mir, scharf und nah. Stumm. Die carabinieri führten Don Palumbo zu ihrem kleinen schnellen Fiat, auf dem auch schon der Zementstaub lag, eine leichte Schicht. Eine Bahre wurde in den Notdienstwagen des Hospitals geschoben. Drei Arbeiter standen reglos dabei. Niemand sprach ein Wort. Die beiden Wagen fuhren rasch ab.

Stille. Glühende, blaue Stille. Ein wolkenloser Himmel; aber zwischen den Zähnen spürte ich den Sand der Sahara: Der scirocco durchfieberte die trockene, vibrierende Luft. Ich drehte mich um und kehrte an meinen Schreibtisch zurück. Keine Fragen. Ich war lange genug in Sizilien.

Er bekam acht Jahre Zuchthaus. Es war sein zweites Delikt dieser Art. Keine anderen Vorstrafen.

- Aber wir haben Freunde in Palermo, sagte mir 'Ncilina, seine Tochter.

- Einflußreiche »Freunde der Freunde«?

Sie sah mich mit leerem, ausdruckslosem Gesicht an. Keine Antwort. Sie war die älteste, achtzehn; die älteste und die schönste der sieben Schwestern, und nun war sie zu mir gekommen, um der Madonna willen nicht allein, nein, in Begleitung eines sehr alten Mannes, eines stummen, aber hellhörigen Mannes, ihres Großvaters, und fragte mich ernst und gemessen:

- Ich habe gehört, scrittore, daß Sie hier einen Film drehen wollen. Die Leute sagen, ich sehe der jungen Gina Lollobrigida ein wenig ähnlich, wie sie in

»Liebe, Brot und Phantasie« war. Ich würde nicht viel kosten – es ist ja noch nicht richtig mein Beruf. Ich war sechs Jahre in der Schule; dann habe ich meiner Mutter geholfen. Aber jetzt muß ich den avvocato bezahlen, die Geschenke für unsere Freunde in Palermo, ich muß die Wohnung, meine Familie versorgen. Es gibt keinen Bruder.

- Was war am vorigen Donnerstag? fragte ich nun doch, um sie und mich auf den harten Boden der Tatsachen zurückzuholen. Eine falsche Frage, ich wußte es, und der nonno spuckte auch sogleich hinter sich. Ich sah zur Seite und schwieg, aber 'Ncilina sagte:

- Ich bin anders. Ich bin jung, ich kann sprechen: Er war allein, mein Vater, am Mittag nach zwölf Uhr, in dem Werk da, das die Lungen zementiert. Die Schweine bekommen den Husten davon, die Menschen schweigen. Sie schweigen zu früh. Die anderen vier waren schon nach Hause gegangen zum Mittagessen. Mein Vater fährt mit seinem Motorrad immer als letzter zum Essen, um ein Uhr. Da kam ein Lastwagen. Er kam von Trapani und wollte Zement abholen. Der Fahrer aus Trapani hatte es eilig. Mein Vater belud den Lastwagen. Er machte es allein, und der Fahrer unterschrieb im Lieferbuch. Dann fuhr er wieder ab, nach Trapani. Mein Vater kannte die Firma. Sie hatte noch immer bezahlt, nie Schwierigkeiten gemacht.

Der capo operaio, der Vorarbeiter, kam nach dem Essen um eins zurück, sah alles und fragte:

- Wer hat hier das Sagen? Wer ist hier der capo, ich oder du, Bastard eines Dackels?

Mein Vater antwortete nichts.

Er kam nach Hause, zum Essen. Er sprach nicht; aber er sprach ja fast nie. Er aß wie jeden Mittag. Es gab Fisch, gebratene Makrelen. Nach dem Essen lag er zehn Minuten auf seinem Bett, meine Mutter neben ihm. Sie sprachen nicht miteinander. Dann setzte er seine Mütze auf, die rote Leinenmütze, die Sie kennen. Er hat sie von einem berühmten Radrennfahrer geschenkt bekommen, Coppi oder Bartali oder Gimondi, glaube ich. Er ging zum Schrank, hob die Wäsche hoch und holte etwas hervor, steckte etwas in die Tasche seiner Arbeitsjacke. Meine Mutter hat es gesehen, aber sie sagte nur:

- Emilio!

- Era troppo, antwortete er. Es war zuviel.

Meine Mutter hielt ihn natürlich nicht zurück.

Im Zementwerk hat er, mein Vater, die Tür des Bretterbüros geöffnet, in dem der capo operaio saß. Fünf Schüsse. Aber wir haben einen besonderen Advokaten. Er kennt die einflußreichen Freunde. Der capo lebt ja auch noch, er kommt davon. Wenn mein Vater ihn hätte töten wollen, hätte er ihn getötet! Es war nur eine Warnung. Er ist un uomo d'onore, ein Ehrenmann, mein Vater. Ich denke, er ist in drei Jahren wieder bei uns. Nur, bis dahin brauche ich Geld. Der avvocato muß mit den »Freunden« reden. Sie haben hohle Hände, aber sie sind mächtig. Können Sie mir helfen?

Nicht in Deutschland, hier in Sizilien, in diesem Film?
- Ich bin nicht der Regisseur, und eine Komparsin verdient nicht viel, sagte ich, plump vor Ratlosigkeit. Aber manchmal sollte jemand hier bei mir saubermachen und waschen.
- Mein Vater würde es nie zulassen, daß ich allein zu einem Mann hinter geschlossene Türen gehe, mit dem ich nicht wenigstens fest verlobt bin! Sie wurde schamrot. Mein Vater ist ein Ehrenmann, er würde niemals eine brutta figura, eine schlechte Figur machen. Er ist herzensgut, aber ihm schwellen rasch die Adern und dann... Das Unglück ist ihm schon zweimal geschehen.

Der Alte spuckte hinter sich aus, stand auf und stützte sich auf seinen Stock. Dann gingen sie. 'Ncilina drehte sich noch einmal um und sagte:
- Entschuldigen Sie, scrittore, daß wir Sie gestört haben.
- Ich werde mit dem Regisseur sprechen, vielleicht findet sich doch eine kleine Rolle, sagte ich in meiner Verlegenheit.
- Grazie! Grazie tanto! Ich wäre glücklich, in Ihrem Film meinen Beruf beginnen zu können.

Ich sprach mit dem Regisseur, und dieses Mal wurden wir uns außerordentlich schnell einig; darin nämlich, auf die Komparsin 'Ncilina, die Tochter des Ehrenmanns Emilio Palumbo, doch lieber zu verzichten. Obwohl das Ucciardone in Palermo als das ausbruchssicherste Gefängnis Siziliens gilt.

- Dann werde ich eine Geschichte über ihn schreiben, sagte ich zu dem Regisseur.
- Vergiß nur nicht, alle Namen bis zur Unkenntlichkeit zu verändern.
- Ich habe nichts zu berichten, was die Ehre des Arbeiters Emilio Palumbo verletzen könnte. Wirklich nichts. Ich hoffe, wir sind bald wieder Nachbarn.
- Mein Lieber, du lebst schon zu lange in Sizilien, sagte der Regisseur. Deine Mentalität kommt mir allmählich gefährlich vor.

Er lachte; einen Augenblick früher als ich.

Die Nacht, als wir Goethe entgegenruderten

Der Italiener aus Rom war un antipatico, ein Widerling.

Langsam, langsam: Er war mir unsympathisch, vielleicht nur mir; und das hatte viel mit dem Mädchen, einer Studentin aus Palermo, zu tun, die auf einem Trampolin in der Ecke der Terrasse saß und malte. Am Meer bei Sant' Elia, unterhalb des Monte Catalfano mit den Ruinen einer phönizischen und einer römischen Stadt. Solunto heißt das wenige, was davon übriggeblieben ist, und berühmter, als die Ruinen es sind, ist die Aussicht von der Höhe des Berges: nach Westen auf die Conca d'Oro, die goldene Muschel Palermos, nach Osten auf die Küste bis Cefalù und die im Winter manchmal schneebedeckten Höhen der Madonie, ja, an besonders klaren Tagen, bis zum Ätna.

Der Italiener aus Rom war ein Fachmann für Computer. Er betreute die Computer einer mächtigen Bankgruppe in Italien, und wenn er in Sizilien war, besuchte er einen Maler, den auch ich seit kurzem von einer Ausstellung kannte; einen Maler, dem er jedesmal ein Bild abkaufte und auf dessen Terrasse über dem Meer wir jetzt mit dem Mädchen saßen und einen eisgekühlten Espresso tranken.

Der Maler ging ruhelos auf der Terrasse hin und her. Das heißt, manchmal blieb er bei dem Italiener und mir stehen und hörte uns einen Augenblick schweigend zu, trank einen Schluck Espresso und nahm dann seine Wanderung wieder auf; und manchmal blieb er bei dem Mädchen stehen und korrigierte eine Linie, eine Farbe. Es war nicht bedeutend, was die junge Sizilianerin malte, aber es war schön, wie sie es malte, und es tat wohl, ihr dabei zuzusehen.

Es lag aber nicht nur an dem Mädchen, daß mir der Italiener von Minute zu Minute mehr un antipatico wurde. Er hatte sich noch dazu an einem Thema festgebissen, das mich langweilte, weil ich darüber in meinen neun Auslandsjahren zu oft hatte diskutieren müssen, und das ich nicht mochte, weil es Deutschland, das mir noch immer etwas bedeutete, viel mehr bedeutete als vor dreißig Jahren, mit einer in Jahrhunderten kultivierten Arroganz herabsetzte: Der Italiener fragte mich hartnäckig, ob ich eine Erklärung dafür besäße, daß die Deutschen einerseits gewaltige Philosophen, Unternehmer, Erfinder, Ingenieure, Soldaten hervorgebracht haben, auch großartige Musiker, obwohl die ja doch wohl fast alle aus Österreich gekommen seien...

Ich unterbrach seinen ironischen Schwall und fragte das Mädchen, welche Musik es liebe.

- Klassik? Muß es ein Klassiker sein? Sie warf die

dunkle Kaskade ihres Haars zurück und nahm ihr sarazenisches Gesicht zwischen die Hände.
- Ja, sagte ich auf die Gefahr hin, jetzt einen entscheidenden Schnitzer zu machen.
- Oh... Beethoven, Bach, Mozart, antwortete sie, und ich wußte, daß ich das Mädchen auf jeden Fall hoch unterschätzt hatte.
- Es ist kein richtiger Österreicher darunter, sagte ich zu dem Italiener.
- Entschuldigen Sie, ich hörte den Namen Mozart, antwortete er glatt lächelnd und lockerte den Knoten seiner wirklich großartigen Krawatte.

Ich setzte ihm zu ausführlich auseinander, daß die Familie Mozart aus der Gegend von Augsburg stammte, und ärgerte mich darüber, daß ich es ihm auseinandersetzte. Dieses Gespräch war die Terrasse nicht wert, nicht den unruhig schweigenden Maler und vor allem nicht diese Studentin da am Tyrrhenischen Meer, das leise, gedämpft an die alte Mauer schlug; und war nicht die toten Städte wert, in denen ich oft gewesen war, wenn auch nicht so oft wie in Himera, von dem noch weniger übriggeblieben ist, kaum mehr als die Säulenstümpfe eines dorischen Tempels. Und doch hatten hier einst vierhunderttausend Menschen gelebt, war hier mindestens einmal Weltgeschichte entschieden worden.

Nein, dieses Terrassengespräch taugte nichts. Es lief schief von Anfang an, und es wurde nicht besser, als der urbane Italiener, perfekt lächelnd, sagte:

- Ich habe nie verstanden, verzeihen Sie, scrittore, warum die Deutschen sich ausgerechnet das Volk der Dichter und Denker nennen. Denker ja, aber Dichter – wer denn?

Ich fürchtete, daß er nun auf die Variante vom »Volk der Richter und Henker« zu sprechen käme, die ich in den neun Jahren bei tausend bitteren Gelegenheiten hatte hören müssen; und ich war mir nicht sicher, daß ich garantieren konnte, dem Italiener nicht einige Worte über den Ursprung des Faschismus zu sagen, danach aufzustehen und heimzufahren nach Gillazza, zu meinen sizilianischen Freunden. (Ich wußte, daß eine kleine, aber viel zu große Zahl von Politgangstern im Namen meines Volkes einige der ungeheuerlichsten Verbrechen der Geschichte begangen hatte; und ich wußte auch, daß eine erschreckende Masse Spießbürger, Spekulanten, Opportunisten, Schwachköpfe, Säbelrassler, Neidhämmel und verblendete Idealisten ihnen jahrelang nachgelaufen war und viele davon blutige Handlangerdienste getan hatten. Ich wußte das alles quälend genau und auch, daß weiter galt: »Noch lebt der Schoß, aus dem das kroch.« Ich hatte darüber, unter anderem darüber, den Roman »Die Unberatenen« geschrieben, der nun wahrhaftig nicht zur Pilatuswäsche aufmunterte. Aber ich kannte sehr viele Menschen in Deutschland, auf die jene politische Pornographie nicht zutraf; erst recht nicht, wenn sie von einem Faschisten kam – und dieser schlaue Mensch hier war unverhohlen ein Faschist, der sich wie

Hunderttausende seiner Gesinnungsgenossen die Hände in Unschuld wusch. Einer der Unbedenklichen, für die nicht d'Annunzio und Mussolini die Erfinder und Entfalter ihres Faschismus waren; und die sich mit Begeisterung und gutem Gewissen jeden Film über die Greueltaten der Nazis ansahen, vor allem wenn er mit sadistischen Perversionen verschnitten war; und es liefen in den Kinos weiß Gott mehr als genug davon.

Ich wußte, es würde mir sehr schwerfallen, auf die nächste schon zu erwartende Replik des Italieners – warm und lächelnd vorgetragen, seine Hand auf meinem Arm: »Caro mio, weder d'Annunzio noch Mussolini haben meines Wissens Auschwitz oder Dachau gegründet?« – sachlich zu antworten; vor allem nicht, wenn ich mir selber zuhörte und dabei wahrnahm, wie ich hier plötzlich in eine Vaterlandsliebe geriet, die ich in Deutschland so nicht an mir kannte.)

Kurzum: Ich fand, dieser dott. Panalussa sei ein Widerling, ein Faschist und ein mit allen Wassern des Tibers gewaschener Schaumschläger. Ich hätte endlich meine Mütze aufsetzen und senza ritorno, auf Nimmerwiederkehr, in die Madonie fahren sollen und saubere Arbeit tun.

Aber da gab es noch dieses Mädchen, das die Terrasse für mich in ein schwankendes Schiff verwandelte, sobald ich die junge Sizilianerin auch nur ansah, und das machte alles nur um so peinlicher. Ich wußte ja, d'Annunzio und Mussolini waren mir zur Zeit völlig schnuppe, und ich wechselte mit dem Italiener aus Rom die geweihten Kugeln in Gedanken nur, weil er mit dieser Studentin aus Palermo gekommen war und ich ihr Verhältnis nicht durchschaute; aber leider nicht überhören konnte, daß sein Ton wenig Zweifel und noch weniger Hoffnung übrigließ, wenn er im Vorbeigehen sagte, erschreckend herzlich:

- Tania, Taniuccia mia.

Genau an diesem Punkt meines Gesprächs, das bald übel enden mußte, fragte mich das Mädchen, scheinbar völlig unvermittelt, was ich von Henri Rousseau dem Zöllner hielte, und ich antwortete:

- Viel. Sehr viel. Und ging zu ihr hinüber.

Der Italiener aus Rom nahm seinen Espresso, folgte mir, stellte sich hinter das Bild, an dem das Mädchen malte, und sagte:

- Una meraviglia! Du malst jeden Tag besser.

Ich wußte, daß er log, jetzt sogar dilettantisch log, und daß Taniuccia ihm nicht glaubte. Und der Italiener witterte, daß ich es wußte. Die Situation sah von Minute zu Minute böser aus.

Dott. Panalussa belehrte mich sanft, es sei nun einmal nicht zu bezweifeln und leicht zu kontrollieren:

- Während die Franzosen, die Engländer, vor allem die Russen, ja selbst die Amerikaner, ihre großen Romane der Weltliteratur hervorbrachten und wir längst Alessandro Manzoni hatten, was geschah da in Deutschland? Bismarck.

Ich vermied gerade noch, wenigstens Wilhelm Raabe und den alten Fontane ins Feld zu führen, denn diese Namen hätten ihm nicht den geringsten Eindruck gemacht und, schlimmer, auch diesem Mädchen nicht, das mir mit einem Schlag wieder bewußt gemacht hatte, was das ist: ein schönes Mädchen. Wahrscheinlich nicht einmal dem unruhig schweigenden Maler. Ich hätte in ganz Italien niemanden getroffen, außer den Spezialisten, dem diese Namen einen erheblichen Eindruck gemacht hätten, ja kaum einen Italiener, der überhaupt mehr als vier oder fünf deutsche Dichter kannte. Aber war das, was die italienische Literatur betraf, in Deutschland anders?

Zum Glück erwischte mich in diesem Dilemma ein frischer Zorn, und ich sagte zu dem Mädchen und zu dem Maler, daß ich leider jetzt heimfahren müsse zu meinen Freunden in Gillazza. Wir wollten am Abend zusammen hinunter ans Meer, in die Bucht von Mazzaforno: Tintenfische vom Boot aus fangen, ein Feuer machen und die calamari dann grillen.

- Ah! sagte Taniuccia und hörte auf zu malen.

- Und am Strand tanzen! log ich weiter. Ich habe neue Platten der Beatles mitgebracht: »Lady Madonna«, »Julia« und jede Menge mehr.

- Ah! sagte Taniuccia noch einmal und sah dott. Panalussa an. Er rührte sehr lange die Zuckerreste in seiner kleinen weißen Porzellantasse um.

Ich wollte wirklich abfahren, wenn auch nicht zu einem Feuer am Meer, dem dumpfen Holzgong über dem rauchüberzogenen Wasser beim Tintenfischfang oder zum Tanzen, sondern zur Arbeit an meiner neuen Erzählung; aber in diesem Augenblick sagte der stille, ruhelose Maler:

- Einen großen Dichter haben Sie doch. Einen der größten Dichter, der je über diese blutige Erde gegangen ist. Allerdings war er un siculo-tedesco, ein Deutscher, der aus Sizilien stammte.

Wir sahen ihn fragend an, dieses Mal alle drei verblüfft und sprachlos.

- Goethe, sagte er. In allem Ernst und begeistert.

Der Italiener aus Rom lachte und ließ seine Hand durch das lange, kastanienbraune Haar der jungen Sizilianerin laufen, die erfreulich eigensinnig den Kopf zurückwarf.

- Ja, aber...

Ich wußte im Augenblick wirklich nicht sehr viel weiter.

- Sie meinen, pittore, weil Pirandello Goethes »Römische Elegien« übersetzt hat?

- Auch, auch. Und das nicht nur aus Zufall, aus Laune.

Der Maler ging rascher auf der Terrasse hin und her. Er wachte aus seiner Nachdenklichkeit auf, holte Wein und alte Tonbecher.

- Ist Ihnen wirklich noch nie aufgefallen, wie Goethe seine Verse hervorholt, herauslockt aus der Natur? Wie die Frauen darin aufblühen? Wie die Nächte in seinen Gedichten duften? Wie seine Sprache atmet, einen warmen Körper hat und vor allem Licht? »... im dunkeln Laub die Gold-Orangen glühn, ein sanfter Wind vom blauen Himmel weht, die Myrte still und hoch der Lorbeer

steht«... Wo haben Sie bei einem anderen deutschen Dichter noch diese atmende, durchsichtige Haut der Sprache, durch die das Blut klopft? Nein, das kommt nicht aus Kimmerien, aus Nebelheim, das kommt aus Sizilien, mein Freund.
- War Ihr Goethe nicht einmal hier, in Palermo? fragte das Mädchen und stand vom Trampolin auf.
- Ja, sagte ich und trank Wein. Wir sollten uns zusammen den Tempel in Segesta ansehen. Da kann ich Ihnen mehr von dieser glückhaften Reise erzählen.

Der dott. Panalussa rührte wieder den Zuckerrest in seiner Espressotasse und sagte anzüglich:
- Natürlich: Man weiß immer nur, wer die Mutter war. Keiner kennt mit Sicherheit seinen Vater.
- So hat es Fabrizio nicht gemeint, antwortete das sizilianische Mädchen und sah dabei mich an. Es lächelte und setzte sich auf die alte Mauer, an die das Meer schlug.

Wir sprachen noch weiter von Goethe und tranken Wein, der Maler und ich. Er kannte viele Gedichte auswendig, auf deutsch. Er ging wieder auf der Terrasse her und hin, und wenn er zu dem Trampolin kam, sprang er kurz darauf, schnellte in die Luft, ging dann weiter und trug mir Goethes Gedichte vor, uns vor, denn das Mädchen hörte jetzt mit.

Der Italiener aus Rom sah auf seine Armbanduhr und sagte dazwischen:
- Taniuccia mia, ich denke, wir müssen fahren. Wir wollten noch in Mondello...

Aber das Mädchen wollte bleiben, hier in Sant' Elia, und der Italiener aus Rom fuhr allein ab, so freundlich wie ein Luchs.

Es wurde dunkel, und der Maler zog an einem Strick eine zweite Flasche Wein aus dem kühlenden Meer.

Ich sagte halbherzig:

- Ich muß nach Gillazza, und außerdem werde ich rasch verrückt von Ihrem Wein.

Der Maler erklärte mir zum drittenmal, warum Goethe ein siculo-tedesco sei. Wir tranken zusammen, und das Mädchen sagte:

- Ich mag keine Männer, die nicht ein bißchen verrückt sind! Und nachher werden Sie Fabrizio erklären, warum er un siciliano di sangue germanico ist, ein Deutschsizilianer. Sie müssen nur noch mehr sizilianischen Wein trinken. Ich will's, heute will ich es. Und ich – ich bin Sizilien! Ich wollte auch, jetzt käme dieser signor Goethe zu uns – da übers Tyrrhenische Meer ...

Wir tranken weiter, auch das leuchtende Mädchen. Der Himmel tauchte ins Meer, und das Meer trieb am Himmel, und tief in der Nacht einigten wir uns darauf, Goethe auf seiner Überfahrt von Neapel nach Palermo entgegenzurudern. Wir hielten uns an den Schultern fest und stiegen hinunter in das Boot Fabrizios, das am Fuß der Mauer auf dem Wasser lag.

Ich rief und stammelte dabei leicht:

- Wenn er heute, siebzehnhundertsiebenundachtzig, ankäme, wäre es wirklich gut. Als er noch kein

Klassiker war, konnte ich immer phantastisch mit ihm zechen.

Taniuccia sagte:

- Und wenn dieser signor Goethe morgen von Neapel herüberkäme, wär's auch noch gut! Ich könnte die ganze Nacht mit dir rudern. Avanti, scrittore!

- Avanti, Taniuccia!

Fabrizio ruderte nicht. Er wurde wieder still, trank und sang uns Goethes Lieder vor, in der Musik von Hugo Wolf, glaube ich. Taniuccia und ich aber ruderten immer weiter hinaus auf das ruhig atmende, nächtliche Meer, signor Goethe entgegen.

Nur daß unser Boot am Fuß der Terrasse vertäut war. Aber das merkten wir nicht so schnell. Das merkten wir erst, als das Morgenlicht über das Wasser glitzerte und wir unter dem Segeltuch erwachten, das Fabrizio über uns gedeckt hatte, irgendwann in der Nacht, ehe er hinaufstieg in sein Atelier.

Inhalt